# Fahrenheit 451

RAY BRADBURY
雷·布萊伯利

徐立妍——譯

# 華氏451度

這本書，懷著感激之心
獻給唐・康頓

# 目次

# 導讀
# Introduction

尼爾・蓋曼 Neil Gaiman

有時候，作家所描寫的是一個尚不存在的世界。我們這麼做有上百種原因。（因為人總是要向前看、不要回頭望比較好；因為我們必須照亮前方的道路，希望人類或害怕人類踏上這條路；因為未來的世界似乎比當今的世界更加引人入勝，或更有趣；因為我們得警告你、鼓勵你，去檢視和想像。）為什麼要描寫明天過後，以及接下來的所有明天？有多少人在寫故事，原因就有多少個。

這本書是要提出警告，提醒我們所擁有的是多麼珍貴，而有時，我們卻不懂得珍惜。

有三種句型讓作家得以描寫尚不存在的世界（你可以稱之為科幻小說或預言（寓言）小說，你想稱作什麼都可以），這三句話很簡單：

倘若……會如何？

假如……的話

照這樣下去……

「倘若……會如何？」讓我們有改變的機會，得以抽離現實生活。(倘若明天外星人降臨地球，給予人類所想要的一切，但要付出代價，那會如何？)

「假如……的話」讓我們得以一探明日世界的榮景與危險。(假如狗可以說話的話；假如我是隱形人的話。)

「照這樣下去……」則是三者之中最具預言性的句型，不過這句話倒不是想要在一團雜亂的混沌中預測明確的未來。「照這樣下去……」這類小說其實是擷取今日生活中的某種元素，即某個清楚而明顯的事件，而且通常會讓人感到困擾，然後詢問這件事若繼續發展下去，影響力愈來愈大、愈來愈普及，足以改變我們思考和行為模式，屆時會發生什麼事？(照這樣下去，各地的通訊方式都會變成透過簡訊或電腦傳送，以後人與人之間非經由機器的直接對話將會是違法行為。)

這樣的提問充滿了警告意味，讓我們去探究需要處處提防的世界。

人們認為(但人們想錯了)預言小說是在預測未來，其實並非如此；或者，就算是這樣，預測的結果大概也很差勁。未來有無限可能，受到各種因素、億萬種變因所影響，而人類總慣於聽信預言說未來會是如何，然後又做出很不一樣的決定。

預言小說真正擅長描寫的不是未來，而是現在，敘述某一個令人困擾或危險的面向，加以延伸、推論，將這個面向發展成一篇故事，讓當代的人能夠從不同角度和不同位置看待自己當下的行為，是一種警示。

《華氏四五一度》正是一部預言小說，這是一個「照這樣下去……」的故事。雷·布萊伯利寫的是他的現在，卻是我們的過去。他提醒我們注意某些事，有些顯而易見，而有些在過了半世紀之後，比較不容易看的出來。

聽好：

如果某人告訴你一個故事在講什麼，他或許說的沒錯。

如果某人告訴你所有的故事在講什麼，那絕對說錯了。

不管是什麼故事，都包含了許多元素，說的是故事作者本身；說的是作者所看見的世界，他如何面對以及在這樣的世界生活；說的是作者如何選擇字句，而這些字句如何發揮作用；說的是這個故事本身，還有故事裡所發生的事；說的是故事中的人們；故事是為了爭論；故事是為了表達意見。

作者認為一個故事在講什麼，他的意見絕對正確，也一定是真的：畢竟，這本書寫成時，作者就在現場。他想出了每一個字，知道自己為何選擇了這個字而非其他。

然而，作者是屬於他那個時代的人，即使是他自己，也不可能完全看出他這本書究竟在講什麼。

一九五三年之後已經過了半世紀以上。一九五三年的美國，廣播還算是新穎的媒體，卻已經開始嚴重沒落——廣播叱吒的黃金時代持續了約三十年，但如今出現了引領騷動的新媒體：電視，迅速崛起。而廣播中的戲劇和喜劇節目，若非永遠結束，就是得重新設計視覺橋段，好在「傻子箱」上搬演。

美國的新聞頻道對於未成年犯罪的現象提出警告：青少年危險駕駛、認為人生就是要尋求刺激。冷戰也持續進行：這場屬於俄羅斯和美國及其兩造盟友之間的戰爭，無人扔下炸彈或發射子彈，因為只消一顆炸彈便足以傾覆整個世界，引發第三次世界大戰，並且將會是永遠無法回頭的核子戰爭。參議員舉行公聽會，揪出隱身在我們身邊的共產黨員，採取行動要消滅漫畫書。到了晚上，全家人都聚在電視機前面。

一九五〇年代的笑話是這麼說的，過去你只要看到房子的燈亮了，就知道有人在家；現在你得看到房子的燈暗了，才知道有人在家。因為電視機很小，又是黑白畫面，必須把燈關掉才看的清楚。

「照這樣下去……」雷．布萊伯利心想，「以後不再有人閱讀了。」於是，《華氏四五一度》就此展開。他曾經寫過一篇短篇故事〈人行道〉（The Pedestrian），描述有個人遭到警方逮捕，而他被攔下來的原因只因為他出門散步。這篇故事就融入了他所建構的世界，十七歲的克萊莉絲．麥可勒蘭喜歡出門散步，生活在一個沒有人出門隨意走走的世界。

「倘若……打火員的工作是放火，而非滅火，會如何？」布萊伯利思索著，現在他開始看見故事的樣貌了。他編出一名打火員叫蓋伊．蒙塔格，從火焰中救出一本書，而未將之燒毀。

「假如書本可以保存下來……」他想，如果摧毀了所有實體書，還能怎麼保存書本呢？

布萊伯利寫了一篇故事叫〈打火員〉（The Fireman），這個故事要求作者寫長一點，他所創造的世界要求他再多寫一點。

他跑到加州大學洛杉磯分校的鮑威爾圖書館，那裡的地下室有以小時計費的出租打字機，只要把硬幣投入打字機旁邊的小盒子裡就可以了。雷．布萊伯利把錢投入盒子，敲出了他的故事。若是一時沒有靈感，需要一點啟發時，或是他想伸伸腿的時候，他就會在圖書館裡晃一晃，看看那裡的書。

然後，他的故事完成了。

他打電話給洛杉磯消防局，問他們紙張的燃點是幾度。華氏四五一度，某人這麼回答。他的書名就是這麼來的，真假與否並不重要。

這本書出版之後，大受歡迎，讀者非常喜愛這本書，並且熱烈討論。他們說，這本小說寫的是審查制度、寫的是心智控制、寫的是人性；寫的是政府控制我們的生活，寫的是書本。

法蘭索瓦．楚浮（François Truffaut）將它改編成電影，只是電影的結局似乎比布萊伯利所寫的還要黑暗，看來將書的內容記在腦中並不如布萊伯利所想的安全，不過又是一條死路罷了。

我還是個小男孩時讀了《華氏四五一度》，我並不了解蓋伊．蒙塔格，也不明白為何他會做出他所做的事，但是我能理解驅動著他的那股對書本的熱愛。書是我生命中最重要的東西。而那些巨大如牆面的電視螢幕看來未來感十足，令人難以置信，一如我也無法理解電視上的人可以和我對話，只要有劇本便能參與電視演出。《華氏四五一度》並不是我最喜愛的書，這本書實在太黑暗、太陰沉了。不過後來我在《銀色蝗蟲》（《火星紀事》〔*The Martian Chronicles*〕在英國出版時的書名）中讀到一篇故事叫〈厄瑟之二》（Usher II），我發現當中所敘述的情節：寫作和想像都是犯罪，讀起來如此熟悉，而感到無比興奮。

我在青少年時期又重讀了一次《華氏四五一度》，這本書成了一本談論獨立的書，寫的是關於自我思考。它在寫珍惜書本，以及在書本封面底下所隱含的不同意見，描寫我們身為人類如何從燃燒書本開始，最後也燒掉人命。

在我成年之後再讀這本書，我發現自己又對它讚嘆不已。當然，書中囊括了以上所提到的，但這也是一部反映時代的作品。書中描寫的四面電視牆是一九五〇年代的電視：搭配交響樂團演出的綜藝節目、低俗的喜劇演員、肥皂劇。這個世界，充斥著開車飛快的瘋狂青少年，四處尋求刺激；處在一場永無止盡的冷戰，偶爾會有火光四射的場景；這裡的妻子們似乎都沒有工作，除了她們的丈夫沒有屬於自己的身分；這裡有獵犬追逐著壞人（即使只是機器獵犬），這樣的世界感覺上是緊緊依附一九五〇年代的基礎而生。

今天若有一位年輕讀者發現了這本書，或者是未來的讀者，他必須先想像出一個過去，然後再想像屬於那個過去的未來。

即便如此，這本書的核心價值並不會受到影響，而布萊伯利提出的質疑依然有所憑據，並且非常重要。

為什麼我們需要書本裡的內容？詩詞、散文、故事？每個作者各有不同見解。作者是人，都是不可靠且愚蠢的，故事畢竟是編出來的，說的是從未存在過的人，以及從未發生在他們身上的事。為什麼我們要讀？又何必在乎？

說故事的人和故事本身非常不同，我們絕不能忘記這點。

想法（尤其是寫下來的想法）非常特別，這是我們傳遞故事和思想的方法，從這一代傳到下一代。若是我們失去了想法，就會失去共享的歷史，我們會失去許多讓我們生而為人的特質。而虛構的故事能培養我們的同理心：讓我們鑽進其他人的腦袋裡，賦與我們從他人眼中窺探世界的能力。虛構出的故事是謊言，述說著真實的樣貌，一次又一次。

我認識雷．布萊伯利一直到他過世有三十年了，我實在非常幸運。他很風趣有禮，而且總是活力充沛（即使在他晚年，老到幾乎看不見了，還必須靠輪椅行動，他依然如此）。他很在乎一事一物，全心全意且毫無保留，他在乎玩具、童年和電影，在乎書本，他在乎故事。

這本書說的是在乎事物，這是寫給書本的情書，但我想也可以說是寫給人們的情書，寫給一九二〇年代伊利諾州沃基根那個世界的情書，那是雷．布萊伯利成長的世界，他將這個世界寫成了綠意鎮，存在於記錄他童年時光的《蒲公英酒》中，永垂不朽。

正如一開始我所說的：如果某人告訴你一個故事在講什麼，他或許說的沒錯；如果某人告訴你所有的故事在講什麼，那絕對說錯了。因此，我所告訴你有關《華氏四五一度》的一切，告訴你雷．布萊伯利這本了不起的作品提出什麼警告，都是不完整的。書裡說的是這些沒錯，但還不只如此，說的是你從字裡行間能夠發現什麼。

（最後說一句，這些日子以來，我們總擔心、辯論著電子書究竟是不是真正的書，我很喜歡雷．布萊伯利最後對書本的定義是多麼寬廣，他點醒了我們，不該只憑封面評斷書本的好壞，在這些封面之間存在著一些書，完全是人類的樣貌。）

二〇一三年四月

（尼爾．蓋曼為當代奇幻大師）

如果他們給你畫了線的紙，就朝反方向寫吧。

——胡安・拉蒙・希門內斯*（Juan Ramón Jiménez）

* 胡安・拉蒙・希門內斯（Juan Ramón Jiménez，一八八一～一九五八），西班牙詩人，著作頗豐，於一九五六年獲得諾貝爾文學獎。

# ONE

# The Hearth and the Salamander

—

火爐和火蜥蜴

放火是種樂趣。

看著物體遭火舌吞噬，看著它們燒焦、變形，有種特殊的愉悅感受。他握著銅製噴嘴，手中這條龐然巨蟒噴出劇毒的煤油，噴灑在這世界上；他腦中的血液奔流，雙手猶如某個厲害的指揮家，引領樂團演奏出熾烈燃燒的交響曲，摧毀歷史的碎片和焦炭遺跡。他呆鈍的頭上戴著那頂具有象徵意義、標示數字四五一的頭盔，思索下一步的行動，眼中燃起橘色火光；他輕彈點火器，熊熊大火立刻撲上那棟房子，將夜晚的天空燒得既紅、又黃、且黑。他跨步走進一團飛舞的火花中，看著書頁如鴿子般拍動著翅膀，隕落在屋子的門廊及草皮上，其實他最想做的，是像那個老笑話一樣，拿叉子叉著一塊棉花糖塞進火爐裡。不斷燃燒的書本捲起一道火光熠熠的風旋，接著一陣風吹過，火光便暗淡了下來。

蒙塔格咧嘴獰笑，露出所有被火焰燒灼、往後退避的人臉上常見的樣子。

他知道，回到打火站之後，他會對著鏡子裡的自己眨眨眼，模樣就像個臉上塗得烏漆抹黑的滑稽藝人。稍晚，等他準備就寢，在黑暗中，他會感覺那抹獰笑依然撐著他的臉部肌肉。那抹笑，永遠不會消逝；在他記憶中，從未消逝。

他掛起甲蟲色的黑頭盔，把它擦得閃閃發亮，也把防火外套仔細掛好。他沖了個舒服的澡，然後吹著口哨，雙手插在口袋裡走過打火站的上樓層，接著便掉進出勤洞裡，眼看傷害就要發生，在最後一刻蒙塔格伸手抓住金色鋼管止住下墜，一陣吱嘎的摩擦聲，他停住了，腳跟離水泥地只有一吋。

午夜時分，他走出打火站，沿著街道往地鐵站走去，搭上靜音空氣動力列車，列車在經過潤滑的地底通道中無聲滑動。接著列車吐出大大一口溫暖空氣，將他推向鋪著奶油色磚的電扶梯，載他升上地面的郊區。

蒙塔格吹著口哨，任電扶梯將他送入靜謐的夜晚空氣裡。他走向街角，幾乎不帶一絲特別的想法。不過，在他快要走到街角時，他放慢了腳步，彷彿不知打哪吹來一陣風，彷彿有人呼喚他的名字。

過去幾個晚上，走在這個街角附近的人行道上，就著星光往家的方向移動時，他總有一種極為不確定的感受，覺得在他轉進街角的前一刻，有人站在那裡。空氣中瀰漫著一股格外平靜的氣氛，似乎有人等在那裡，不發一語，而在他到來的前一刻，那人又化為一道黑影，讓他通過。或許是他的鼻子嗅到了淡淡的香水味，又或許是他的手背、臉上的肌膚感覺到此處上升的溫度。一個人若站在這裡，大概馬上能讓溫度提高十度。簡直毫無道理，每次他轉進街角，只見罕有人跡、綿延不斷的白色人行道。不過，也許有那麼一晚，某樣東西很快越過草坪，在他還來不及看清楚或開口，那東西就消失了。

可是今晚，他慢到幾乎停下腳步，他內在的心智正要引領他拐過那個彎，卻聽見一聲微乎其微的低語。是呼吸聲嗎？或只是某人悄然無聲的站在那裡等著，光是如此便足以壓迫周圍的空氣？

他轉進街角。

秋日的落葉飄落在灑滿月光的人行道上，如此的動態讓人行道上正在移動的那個女孩像是滑動般，任憑那陣風和落葉將她往前推送。她半垂著頭，瞅著腳邊捲起盤旋的落葉。她削瘦白皙的臉帶著某種隱約的渴望，那股止不住的好奇探查著一切，臉上的表情還露出淡淡的驚訝，一雙深色的眼眸緊緊注視著這個世界，不放過任何動靜。她穿著一襲白色洋裝，衣裳似乎正悄聲說話，而他幾乎以為自己能聽見她走路時揮動雙手的聲音，那極其微弱的聲音現在愈來愈近了，她轉過臉，掀起一陣白色騷動，發現有個男人站在人行道中央等著，下一刻就要來到她面前。

人行道上的樹發出好大一陣聲響，降下乾燥的雨。女孩停下動作，看起來好像驚訝得要往後退，然而她只是站在原地，用她深邃閃亮又靈動的雙眼打量著蒙塔格，讓他以為自己是不是說了什麼了不起的話，但他知道自己只是開口打聲招呼而已，然後女孩看見他手臂上的火蜥蜴以及胸前的圓形鳳凰徽章，像是被催眠了一樣。他接著說：

「對了，妳是我們的新鄰居，對吧？」

「想必你是……」她抬起頭，眼神從他那塊職業識別牌移開，「……打火員。」她的聲音愈來愈小。

「怪了，妳怎麼知道？」

「我閉上眼睛也能知道。」她緩緩的說。

「怎麼？煤油的味道？我太太老是抱怨。」他笑了，「絕對沒辦法完全洗掉的。」

「對，洗不掉。」她回道，聲音有點畏怯。

他覺得她在自己身旁繞圈子，把他翻過來又倒過去，輕輕搖著他，把他的口袋都清空了，但女孩本身其實動也不動。

「對我來說，」他打破過長的沉默，「煤油不過是香水而已。」

「是這樣嗎？真的嗎？」

「當然，有何不可？」

她思考了一下，「我不知道。」她轉身面向返家方向的人行道，「我可以跟你一起走回家嗎？我叫克萊莉絲．麥可勒蘭。」

「克萊莉絲，我叫蓋伊．蒙塔格。走吧，妳這麼晚還在外頭遊蕩做什麼？妳幾歲了？」

微風吹拂的夜裡，溫暖而涼爽，兩人走在銀光閃閃的人行道上，空氣中飄來淡淡的杏桃和草莓香味；蒙塔格四處張望，才發現這不太可能，早過了這些水果盛產的季節。現在只有那個女孩走在他身邊，她的臉龐在月光下如雪般瑩白，他知道她還在琢磨著他的問題，盡可能想找出最好的答案。

「嗯，我十七歲，而且我瘋了。」她說，「我叔叔說這兩件事要一起說，如果有人問起我的年紀，一定要說我十七歲而且瘋了。晚上這個時候出來散步很棒，對吧？我喜歡到處嗅聞、觀察，有時候整晚不睡，只是一直走，看著太陽升起。」

然後兩人又陷入沉默走著，最後她終於若有所思的開口：「你知道嗎，我一點都不怕你。」

他很驚訝：「為什麼妳要怕我？」

「很多人都怕，我是說，他們怕打火員。但終究，你也只是個人。」

他在少女眼中看見自己，懸掛在兩滴閃閃發亮的水珠中，他的倒影深邃小巧，細節一覽無遺，他嘴唇的線條、映照在她眼裡的一切都是。她的雙眼彷彿兩顆賦有魔力的紫色琥珀，可能會抓住他，將他團團包圍。她的臉現在轉而面向他，乳白色的臉蛋看起來吹彈可破，如水晶般不斷透出柔和的光采。那不是電力所發出的那種歇斯底里的強光，但像是什麼呢？像是蠟燭散發的光，給人一種奇異的安心感，罕見而讓人感到溫暖。在他還小的時候，有一次停電了，他母親找出家裡僅剩的一根蠟燭點上，那次讓他們短暫重拾了過往的記憶，那樣的光亮消弭了空間廣大的邊際，在他們四周形成舒適的空間；母子二人彼此依偎著，心境有了轉變，希望電力不會太快恢復……

然後克萊莉絲．麥可勒蘭說：

「我可以問一下嗎？你當打火員多久了？」

「從我二十歲起，有十年了。」

「你『讀過』那些你燒掉的書嗎？」

他笑了，「那是犯法的耶！」

「噢，也是。」

「這工作挺好，星期一燒米萊（Edna St. Vincent Millay），星期三燒惠特曼（Walt Whitman），星期五燒福克納（William Faulkner），把書燒成灰燼，再把灰燼也燒了，這是我們的官方口號。」

兩人又走了一段路，少女說：「聽說很久以前，打火員的工作是滅火而不是放火，真的嗎？」

「不對，房屋一直都是防火建材，相信我。」

「好奇怪。我曾聽說很久以前，房子會不小心燒起來，就需要打火員來滅火。」

他笑了。

她很快瞥了他一眼，「你笑什麼？」

「我不知道。」他又笑了，然後才停下來問：「怎麼了？」

「我沒刻意說笑的時候你笑了，提問你就馬上回話，你根本沒停下來想一想我問了什麼。」

他停下腳步，「妳真的很奇怪。」他看著她說：「妳不懂禮貌嗎？」

「我不是故意頂撞你，我想大概是因為我太喜歡觀察別人了。」

「這個對妳來說沒有任何意義嗎？」他拍了拍縫在他煤炭色袖子上的數字：四五一。

「有啊。」她低聲說，接著加快腳步，「你看過這條大路上狂飆的噴射引擎車嗎？」

「妳在轉移話題！」

「我有時候會想，那些駕駛根本不知道什麼是草、什麼是花，因為他們從沒仔細看過。」她說，「如果你讓駕駛看見一團綠綠的東西，他會說：『噢對！是草！』粉紅色的呢？『是玫瑰花園！』白色的是房子，棕色的是牛。我叔叔有一次在高速公路上慢慢開車，時速四十哩，結果被抓去坐了兩天牢。是不是很好笑，又有點心酸？」

「妳想的還真多。」他不太自在地說。

「我很少盯著客廳裡的『電視牆』看，也不太參加賽車或去遊樂園玩，所以我才會有很多時間醞釀瘋狂的想法吧。你看過鎮外的鄉間豎立著兩百呎長的廣告看板嗎？你知不知道以前的廣告看板其實只有二十呎長？可是現在的車開得這麼快，他們只好把看板延長，影像才會清楚。」

「我不知道！」蒙塔格突然大笑。

「我敢打賭，我還知道其他你不知道的事。好比早晨的青草上會結露水。」

他一時想不起來自己知不知道這件事，讓他覺得惱火。

「而且，如果你仔細看……」她朝著天空點點頭，「月亮上有個人。」

他很久沒看月亮了。

接下來的路程兩人都沉默了，她沉浸在思緒中，他則是咬著牙按耐著不出聲，不時用責備的眼神看著她。他們走到她家門口時，屋內燈火通明。

「怎麼回事？」蒙塔格很少看到誰家的屋裡開了這麼多盞燈。

「噢，是我爸媽和叔叔坐在家裡聊天，就像散步的人一樣，只是現在很少有人散步了。有一次我叔叔就被抓了，我有告訴你嗎？因為他去散步。噢，我們家真的很奇怪。」

「你們能聊什麼呢？」

她笑了，「晚安！」她走上通往家門口的小徑，然後像是想起了什麼，又折回來瞅著他，眼神充滿驚異和好奇，「你快樂嗎？」她說。

「我……什麼？」他高聲喊道。

但她已經走了，在月光下奔跑著。她家的前門輕輕關上。

——

「快樂！胡說什麼。」

他止住笑聲。

蒙塔格把手伸進前門的手紋辨識機，讓機器判讀，前門便滑開了。

我當然快樂，她在想什麼？我不快樂嗎？他把問題拋向寂靜的屋子。他站在那裡抬頭看見客廳裡的通風格柵，突然想起格柵後藏著某樣東西，那東西似乎正從高處窺視著他。他迅速移開眼神。

多麼奇怪的一晚，多麼奇怪的相遇。他記憶中從未遇過這樣的事，除了一年前的那個下午，他在公園裡遇見那位老人，他們還交談了……

蒙塔格搖搖頭。他盯著空白的牆面，那女孩的臉就在那裡，就他記憶所及，她相當美麗，說實話，是令人驚艷。她有張清瘦的臉龐，猶如深夜時分、黑暗房間裡的小時鐘鐘面，你醒來想看看時間，隱約可見那鐘面指出幾點幾分幾秒，帶著白淨的靜默、發著光，如此篤定，知道自己傳達出這樣的訊息，告訴你夜晚飛快帶你進入更深的黑暗，但也帶你迎向新升起的太陽。

「幹嘛？」蒙塔格問另一個自我，這個存在潛意識裡的笨蛋不時就自言自語，頗有自己的意志、習慣和良知。

他又回頭盯著牆壁。她的臉還很像一面鏡子，這真是毫無道理，你認識多少人能折射你自身的光芒打回你身上？人們都比較像是……他思索著用什麼來比喻，然後想到一個和他的工作有關的……火炬，不停燃燒直到熄滅為止。但是卻有某個人的臉龐能映照出你自身的臉，反射出你的表情，反射出你內心最深處顫動著的思緒，簡直聞所未聞。

這女孩的識人眼光也太驚人了，她像是興致勃勃地在觀賞一場木偶秀，木偶的每次眨眼、手部的每個動作、指頭的每回彈動，她都預先猜到了，而興奮期待著。他們一起走了多久？三分鐘？五分鐘？但現在回想起來，感覺多麼漫長啊！她在舞台上，站在他面前是多麼龐大的存在，她纖瘦的身軀在牆上投映出何等巨大的影子！他覺得若是自己的眼睛一癢，說不定她會跟著眨眼；若是他下巴的肌肉微微伸展，旁人甚至察覺不到，她還是會搶在他之前打起呵欠。

他想著，天哪，現在回想起來，她幾乎就像是等在那裡，在那條街上，還是該死的深夜時分……

他打開臥室的門。

感覺猶如在月落之後，走進陵墓中冰冷的大理石室，完全黑暗，感覺不到外頭的銀白世界；窗戶緊閉著，房間就像座墳墓，外頭的大城市如何嘈雜都滲透不了這裡。這間房裡並非空無一物。

他傾聽著。

空氣中微弱的蚊鳴嗡嗡迴響，一隻藏身在它特殊粉紅色溫暖巢穴中的黃蜂發出電子嗡鳴，音樂聲幾乎大到他可以跟著哼唱。

他感覺自己的笑容溜走了，逐漸消散，折疊起來往下翻，猶如覆著獸脂的皮膚，看起來就像那種美麗的藝術蠟燭燃燒過久，如今已然崩塌、遭人吹滅的樣子。黑暗。他不快樂。他不快樂。他對自己這麼說。他發現這就是事情的真相，他把快樂當成面具戴在臉上，而那個女孩拿走那副面具一溜煙地跑過草坪，他無法走過去敲她家的門，把面具拿回來。

他沒有開燈，想像著房間裡會是什麼樣子：他的妻子躺在床上四肢攤平，沒蓋被子，身體冰冷，猶如陵墓墓蓋上展示的屍體，她的雙眼直盯天花板，就像被隱形的鋼線固定，文風不動，而她的耳裡塞著小「貝殼」，那對頂針大小的收音機緊緊塞著，播放電子營造出的海浪聲，音樂和談話、音樂和談話，不間斷地在她無眠的心神海岸來回拍打。這間房裡真的空無一物。每天晚上，海浪一來，高高的聲音波浪將她捲走，讓她漂浮著，睜大眼睛，直到早晨來臨。過去兩年來的每個夜晚，蜜卓都在那片海裡泅泳，她欣然滅頂其中，毫無掙扎。

房裡很冷，但他還是覺得自己呼吸困難；不過他又不想拉開窗簾、打開落地窗，讓月光照進房裡。於是，他獨自帶著下個鐘頭就會缺氧而死的感覺，摸索著走向他那張毫無遮蔽、孤立而寒冷的床鋪。

他才剛預感自己的腳會碰到地上的某樣東西，下一秒就碰到了什麼，倒是很像今晚他拐過街角，幾乎要撞上那女孩的感覺。他的腳先發出震波，就在向前滑步時，從路徑前方上的小障礙物收到回彈的震波。他的腳踢到了東西，那東西發出一記悶響，滑到黑暗裡。

他直挺挺地站著，聽著黑暗中躺在床上那人的聲響，這夜黑得讓人消失了輪廓。從鼻孔呼出的氣息十分微弱，只能擾動最細微的生命，像是一片葉子、一支黑羽毛或一根頭髮。

他還是不想讓外頭的光線照進來，於是拿出點火器，他摸著蝕刻在銀盤上頭的火蜥蜴，然後輕彈點燃……

就著他手上的小小火光，他看見底下有兩顆月光石看著他，兩顆黯淡的月光石深埋在清澈的小溪中，溪裡奔流著世上的生命之源，卻碰觸不到它們。

「蜜卓！」

她的臉龐猶如大雪覆蓋的小島，小島上或許會下雨，她卻感覺不到雨水；雲朵飄移至此處或許會投下陰影，她卻感受不到涼蔭。只有她緊緊塞在耳裡如頂針般大小的黃蜂兀自嗡嗡唱著，她的雙眼如玻璃般清澈，一呼一吸之間，輕柔微弱的氣息在她鼻間進出，而她無心理會自己在吐氣或吸氣、吸氣或吐氣。

他先前踢到的東西滾到一旁，在他的床沿下反射出光芒。那樽小小的水晶玻璃瓶裡原本還裝著三十顆安眠藥，現在瓶蓋打開來，在搖曳火光的照耀下空無一物。

他站在那裡時，房子上方的天空傳來尖銳聲響，那如撕裂般的巨響，彷彿有雙巨大的手從線縫處撕開萬哩長的黑色亞麻布。蒙塔格也被劈成兩半，他感覺自己的胸膛被人一刀剖開，噴射轟炸機從上空掠過、飛過、劃過，一、二；一、二；一、二；六架、九架、十二架，一架又一架，再一架，還一架，替他放聲大叫。他張開嘴吞下那些尖叫聲，再緊咬著牙吐出來。整座房子搖晃著，火光在他手裡熄滅。月光石消失了，他感覺自己的手衝向電話。

噴射機飛走了。他發覺自己的嘴脣掀動，擦過電話話筒。「急診醫院。」多麼可怕的低語。

他覺得黑色噴射機的聲音把星星都摧毀了，到了早上，地面會覆蓋星塵，像是下了一場奇怪的雪。他站在黑暗中發抖，腦中升起這白痴念頭，讓自己的嘴唇就這樣掀動著。

他們有台機器，其實有兩台機器，一台會伸出如黑色眼鏡蛇般的管子，滑進你的胃袋，像是潛進一口空蕩蕩的古井，想尋找積聚在那裡的老舊水源和往日時光。那根管子會吸起綠色的物質，慢慢引流上來，宛如緩慢沸騰的樣子。它會喝掉黑暗嗎？能吸出多年來積累的毒素嗎？它靜靜吸食著，偶爾會聽見裡頭傳來悶響及盲目搜索的聲音。管子上有隻眼睛，冷漠的機器操作員只要戴上一頂特殊的光學頭盔，就能看見機器正抽吸中的那人的靈魂。那隻眼睛看到了什麼？操作員並沒有說，他雖然看到了，但是卻看不見那隻眼睛所看到的東西。這整套操作流程有點像是在某人家院子裡挖水溝，床上這個女人對他們而言，不過是一塊他們挖到的堅硬大理石地層，反正就這麼做吧，把鑽頭推下去，噴濺出一堆虛無，倘若那條吸管蛇的抽動能吸出這樣的東西。操作員站著抽菸，另一台機器也同時運轉。

另一台機器的操作員身著不易褪色的紅棕色連身工作服，表情一樣冷漠。這台機器會抽出身體裡所有的血液，再輸入乾淨的血液和血清。

「一定要兩邊都清乾淨才行。」操作員盯著靜默的女人，「要是只清了胃，沒把血液清乾淨也沒用，那東西還在血液裡，血液送到大腦時就像木槌一樣砰砰響，敲個幾千次，大腦就會放棄了，乾脆投降。」

「住口！」蒙塔格說。

「我只是說說嘛。」操作員說。

「你們弄完了嗎？」蒙塔格問。

「好了。」他們把機器緊緊關上，甚至沒有感受到蒙塔格的怒氣。他們站在原地，香菸的煙霧在鼻間旋繞，飄進他們眼裡，他們眼睛也沒有眨一下或瞇一下。「五十塊。」

「首先，你們應該先告訴我，她會不會沒事？」

「當然，她會沒事的。我們把所有壞東西都吸進這個手提箱裡，現在傷害不了她了。就像我說的，把舊東西吸出來，改輸入新東西，就沒事了。」

「你們兩個都不是醫生，為什麼急診醫院沒派個醫生過來？」

「見鬼了！」操作員的香菸在他脣上顫動，「我們一個晚上要處理九件、十件這種工作，幾年前開始，這種事愈來愈多，所以我們造了這種特別的機器。當然啦，光學鏡頭是新的，其他都很舊了。這種情況你不需要找醫生，只要兩名操作員，半小時就把問題清光光了。聽著，」他往門外走去，「我們得走了，貝殼耳機裡又有呼叫，離這裡十個街區，有人剛吞了整盒藥片。如果還有需要的話，再找我們。讓她安靜休息，我們給她吃了反鎮靜劑，她醒來的時候會很餓。再會啦。」

於是，這兩個抿著嘴還叼著菸、雙眼有如鼓腹毒蛇的男人，拿起他們的機器和管子，還有那裝著憂鬱的液體和緩慢流動、說不上是什麼的深色泥狀物的手提箱，大步走了出去。

蒙塔格頹坐在椅子上，看著這個女人，她的雙眼現在輕輕闔上，他伸出手，手掌感覺到溫暖的鼻息。

「蜜卓。」他終於開口。

我們的人口太多了，他心想，世上有幾十億人，彼此都不認識彼此。陌生人來侵犯你；陌生人來挖出你的心；陌生人來抽出你的血。老天啊，那些人到底是誰？我這輩子從沒見過他們！

半小時過去了。

這女人體內奔流著全新血液，似乎在她身上發揮了新的功能。她的雙頰酡紅，嘴唇顏色鮮豔欲滴，看起來柔軟而放鬆。那是別人的血。若是她也擁有別人的肉體、大腦和記憶就好了；若是他們可以把她的心智拿去乾洗店、清空口袋，用蒸氣蒸過、清乾淨，再把破洞重新塞起來，早上再帶回來就好了；若是……

他站起身，拉開窗簾，把窗戶開到最大讓夜晚的空氣流進來。現在是凌晨兩點。克萊莉絲．麥可勒蘭在街上、他遇見她、黑暗的房間、他的腳踢到小水晶玻璃瓶，這才是一小時前的事嗎？只過了一小時，那些話語已然融化，又以全新而無色彩的樣貌躍起。

晚風送來笑聲，越過月光染色的草坪，笑聲從克萊莉絲的屋子傳來，她的父親、母親、叔叔笑得如此平靜而誠摯。最重要的是，他們的笑聲很放鬆、發自內心，不是用什麼方法逼出來的。這麼晚了，屋裡依然燈火通明，而其他房子兀自黑暗。蒙塔格聽見他們聊天、談笑、分享、說話，不斷編織再編織著他們具有催眠力量的網。

蒙塔格甚至想都沒想就從落地窗走了出去，越過草坪。他站在笑語嘈雜的屋外，站在陰影裡，心想他或許還可以敲敲門，悄聲說：「讓我進去，我什麼話也不會說，我只想聽，你們在說什麼？」

但他只是站在那裡，渾身瑟縮，臉上覆著冰做的面具，聽著男人的聲音（是叔叔嗎？）輕鬆的侃侃而談：

「噢，畢竟現在是一次性紙巾的時代了，在一個人身上擤鼻子、揉成一團，把他們沖走，再拿一張，擤鼻子、揉成一團、沖走，每個人都在利用別人攀關係。你要是連個打算都沒有，又不知道球員的名字，要怎麼幫主場隊加油？說到這個，他們繞場時是穿什麼顏色的球衫啊？」

蒙塔格回到自己的屋子，讓窗戶開敞，他看看蜜卓的狀況，小心替她蓋好被子，然後躺下，讓月光灑在他顴骨上，照著他皺眉隆起的眉毛，讓雙眼提煉月光的精華，形成銀白色的朦朧屏障。

一滴雨，克萊莉絲；又一滴，蜜卓；第三滴，叔叔；第四滴，今晚的火。一，克萊莉絲；二，蜜卓；三，叔叔；四，火。一，蜜卓；二，克萊莉絲；一、二、三、四、五，克萊莉絲、蜜卓、叔叔、火、安眠藥、男人、一次性紙巾、外套下擺、擤、揉、沖走、克萊莉絲、蜜卓、叔叔、火、藥片、紙巾、擤、揉、沖走。一、二、三、一、二、三！雨。暴風雨。叔叔在笑。樓下傳來雷聲，整個世界傾瀉而下。火山口裡冒出火焰，岩漿不停衝出往下流，不時迸出巨響、蜿蜒出滾燙河流，直至黎明。

「我什麼都不知道了。」他說，讓安眠藥錠在舌尖溶化。

早上九點，蜜卓的床是空的。

蒙塔格很快起身，心臟怦怦跳著跑下樓，在廚房門口停下。

吐司從銀色烤麵包機中跳出來，一支蜘蛛狀般的金屬臂接住吐司，浸入融化的奶油裡。

蜜卓看著吐司送到她盤子裡。她兩邊耳裡塞著廣播耳機，如電子蜂般嗡嗡響了幾小時。她突然抬起頭，看見他，點了點頭。

「妳還好嗎？」他問。

這十年來蜜卓都戴著貝殼耳機，所以她很擅長讀唇語。她又點了點頭，按下烤麵包機再烤一片吐司，機器喀答作響。

蒙塔格坐下來。

他妻子說：「我不知道我怎麼可以這麼餓。」

「妳——」

「我超餓。」

「昨天晚上——」他開口。

「沒睡好，感覺好糟。」她說，「天啊，好餓，不知道怎麼回事。」

「昨天晚上——」他又開口。

她漫不經心的看著他的脣：「昨晚怎麼了？」

「妳不記得了？」

「什麼？我們辦了一場瘋狂派對還是什麼的嗎？我覺得自己好像宿醉了。天啊，好餓。有誰來了？」

「幾個人。」他說。

「我想也是。」她嚼著吐司，「胃不太舒服，可是我餓得好像胃裡全被掏空了。希望我在派對上沒做什麼蠢事。」

「沒有。」他低聲說。

烤麵包機的機器手臂遞了一片奶油吐司給他，他把麵包拿在手裡，覺得自己必須這麼做。

「你自己看起來也沒多好。」他妻子說。

那天下午稍晚，下了場雨，整個世界一片深灰。他站在屋子客廳裡，戴上臂章，橘色火蜥蜴吐出的火焰蔓延在整個臂章上。他站著，抬頭盯著客廳裡的空調格柵，看了良久。他妻子坐在電視間裡讀劇本，她暫停了一會兒抬頭瞥了一眼。「嘿，」她說，「有人在思考耶！」

「對。」他說，「我有話想跟妳說。」他停了一會兒，「妳昨晚吞了一整瓶藥。」

「噢，我才不會。」她的語氣很驚訝。

「瓶子空了。」

「我才不會做那種事，我為什麼要那麼做？」她說。

「也許妳吞了兩顆藥，忘了，結果多吃兩顆，又忘了，再多吃兩顆，接著妳昏昏沉沉的，就這樣一直下去，直到妳吞下三、四十顆藥。」

「見鬼，」她說，「我幹嘛做那種蠢事？」

「我不知道。」他說。

她很明顯的在等著他離開。「我沒有，」她說，「再過一億年也不可能。」

「好吧，如果妳要這麼說的話。」他說。

「那個女主人就是這麼說的。」她轉身回到劇本上。

「今天下午播什麼？」他無奈的問。

她沒有再從劇本上抬起頭來，「嗯，再十分鐘，組合電視牆要播一齣戲，他們今天早上把我的部分寄來了。我寄了包裝盒蓋去抽獎。他們寫劇本的時候會留下一部分空白，這是個新構想，主婦的角色是我，就是劇本裡缺漏的那部分。輪到空白台詞的時候，三面牆上的演員會看著我，我就念台詞。例如，這裡，男人說：『海倫，妳覺得這想法如何？』他會看著坐在舞台中央的我，懂嗎？然後我說，我說……」她停下，手指指著劇本上的一行，「『我覺得很好！』然後他們繼續演戲，等到他說：『海倫，妳同意嗎？』然後我說：『當然！』蓋伊，好不好玩？」

他站在客廳看著她。

「一定很好玩。」她說。

「這齣戲在演什麼？」

「我剛跟你說啦，有這些人，叫鮑伯、露絲和海倫。」

「噢。」

「真的很好玩。要是我們經濟能力許可，可以裝第四面牆會更好玩。你覺得我們要存多久的錢，才能把第四面牆打掉裝電視？只要兩千塊。」

「那是我年薪的三分之一了。」

「只要兩千塊。」她回道，「我覺得你有時候也該體諒我。要是我們有第四面牆，天啊，這房間就一點也不像是我們的了，可以變成各種不同人的房間，多有異國情調！有些東西我們不要也不會怎樣。」

「我們裝第三面牆的時候，已經放棄好幾樣東西了。兩個月前才裝的，記得嗎？」

「是這樣嗎？」她坐著看他看了好一會兒，「好吧。再見，親愛的。」

「再見。」他說完，停下腳步轉過身，「結局是圓滿的嗎？」

「我還沒讀到那裡。」

他走過去，讀最後一頁，點點頭，把劇本折起來交還給她。他走出房子，外頭正在下雨。

---

雨勢漸弱，女孩走在人行道中央，仰著頭，幾滴雨落在她臉上。她看到蒙塔格時揚起微笑。

「哈囉！」

他也打了聲招呼，然後說：「妳現在在做什麼？」

「我還在發瘋。下雨的感覺很好，我喜歡在雨中散步。」

「我想我不會喜歡。」

「你試試看，也許就會喜歡了。」

「我從來沒試過。」

她舔了舔脣，「連雨水嚐起來都好喝。」

「妳是怎麼？到處把每件事情都試過一次嗎？」他問。

「有時候會試兩次。」她看著手中的某樣東西。

「妳手上拿什麼？」他說。

「我想這是今年最後一波蒲公英了。本來以為都這個季節了，應該不可能在草坪上發現這個。你聽說過把這個抹在下巴的事嗎？你看。」她笑著，拿花碰觸自己的下巴。

「怎麼樣？」

「如果花的顏色可以抹到下巴上，表示我戀愛了。有嗎？」

他什麼也不能做，只好看著她。

「如何？」她問道。

「妳下巴黃黃的。」

「太好了！現在換你試試看。」

「那對我沒用的。」

「來。」他還沒來得及閃開，她已經把蒲公英湊到他下巴，他往後退，而她笑了。「別動！」

她盯著他的下巴，蹙起眉頭。

「怎麼樣？」

「真可惜。你沒有戀愛對象。」她說。

「我有啊！」

「看不出來。」

「我有很愛、很愛的人！」他試著讓臉上的表情符合自己所說的話，但不知道該怎麼做，「我有！」

「噢，別這樣。」

「是蒲公英，妳把顏色都用光了，才對我沒用。」他說。

「當然啦，一定是這樣。噢，現在我惹你生氣了，我看得出我闖禍了。對不起，真對不起。」她碰觸他的手肘。

「不、不，」他馬上說，「我沒事。」

「我得走了，那就說你原諒我了吧，我不想要你生我的氣。」

「我沒生氣，只是有點不開心。」

「我得去找我的心理醫生了，他們逼我去的。我會亂編故事，不知道他是怎麼看我的，他說我是一顆普通的洋蔥！我就讓他忙著把我的表皮一層層剝開。」

「我相信妳會需要心理醫生的。」蒙塔格說。

「你不是認真的。」

他深吸一口氣，吐出來，最後說：「對，我不是認真的。」

「醫生想知道我為什麼出門，在森林裡散步、觀察鳥類，還有蒐集蝴蝶。改天讓你看看我的收藏。」

「好。」

「他們想知道我這麼多時間都在做什麼，我說有時就只是坐著思考，但我不會透露在思考什麼。我讓他們疲於奔命。偶爾我跟他們說，我喜歡仰著頭，像這樣，讓雨水落進嘴裡，嚐起來就像酒。你試過嗎？」

「沒有，我——」

「你已經原諒我了，對吧？」

「對。」他想了一下，「對，我原諒妳了。天曉得為什麼。妳很奇怪，總是惹人生氣，但要原諒妳也很容易。妳說妳十七歲了？」

「嗯，下個月就是了。」

「真奇怪，太詭異了。我妻子都三十歲了，但有時妳感覺比她更成熟，我老想不通。」

「你自己也很奇怪啊，蒙塔格先生，有時我甚至都忘了你是打火員。現在，我可以再惹你生氣嗎？」

「請便。」

「是怎麼開始的？你怎麼入這一行的？你如何選擇工作，怎麼會選擇你現在這份工作？你和其他人不一樣。我見過幾個，我知道。我說話時你會看著我，昨天晚上我講到有關月亮的事，你就看著月亮，其他人從來不會這樣。他們會走開，讓我自言自語，或是威脅我。大家不再留時間給別人了。你是少數幾個會忍受我的人。所以我才覺得奇怪，你居然是打火員，感覺真不適合你，說不上來為什麼。」

他覺得自己的身體分成了兩半，一半熱、一半冷；一半柔軟、一半剛硬；一半顫抖著，一半卻很平靜，兩邊身體互相折磨著彼此。

「妳最好趕快去赴約了。」他說。

於是她跑走了，留他獨自站在雨中，過了良久他才有了動作。

然後，非常緩慢地，在他走路時，他在雨中仰起頭，只是一下子的工夫，他張開了嘴……

---

機器獵犬睡著，但並未完全入眠；活著，但其生命並不存在於陣陣輕柔嗡鳴、微弱振動之中，在這打火站的陰暗角落、暗暗發光的狗屋裡。淩晨一點的光線昏暗，空無遮蔽的夜空灑下月光，大窗戶框住了光芒，落在這裡、那裡，照在覆蓋著黃銅、紅銅和金屬，微微振動的野獸身軀，光線反射在紅寶石般的玻璃上，映著尼龍絨鼻孔中敏感的毛細髮絲，那野獸輕輕顫動著，腳掌鋪著橡膠的八隻腳如蜘蛛般伸展。

蒙塔格滑下黃銅杆，他出去看看這個城市，雲已經完全散開了。他點了根菸，走回打火站，彎下腰來瞧瞧獵犬。它猶如一隻剛從某處田野採蜜歸巢的巨大蜜蜂，那裡的花蜜滿是有毒的狂野、瘋癲和噩夢，以致身體裡聚積過於濃郁的花蜜，現在蜜蜂要好好睡一覺，將邪惡逐出體外。

「哈囉。」蒙塔格悄聲說，他總覺得這隻死寂、卻又似乎擁有生命的野獸相當迷人。

晚上，無事可做的時候，也就是說每天晚上，他們會滑下黃銅杆，設定好獵犬的嗅覺系統，發出滴答聲響，然後在打火站建築的通道間放出老鼠——有時是雞，有時是貓，反正抓到了也是會被淹死——他們會下賭注，看看哪一隻先被獵犬抓到。他們放出獵物，三秒後遊戲就結束了，老鼠、貓或雞在通道裡跑到一半便倏地被捕獲，獵犬用爪子輕輕攫著獵物，從它的鼻子伸出四吋長的中空金屬針插入獵物體內，注入大量嗎啡或麻醉劑。接著，獵物被丟入焚化爐中，一場新的遊戲又開始了。

大多數夜晚，這些遊戲進行時，蒙塔格都待在樓上。兩年前有一次，他跟著大多數人下注，結果輸了一星期的薪水，那時蜜卓氣到抓狂、血管爆突，還起了紅疹。而現在，到了晚上，他躺在自己的睡鋪上，側身面對牆壁，聽著從底下傳來的笑鬧聲、老鼠像是踩在鋼琴琴弦上的竄逃聲，以及如拉小提琴般的尖聲吱叫，而似影子尾隨其後、悄聲無息的獵犬則有如飛蛾撲火般往前跳躍，找到獵物便緊抓不放，待插入針頭後又回到狗屋中死去，就像開關被關上了一樣。

蒙塔格摸摸它的鼻子。

獵犬低吼一聲。

蒙塔格往後跳。

獵犬從狗屋裡半抬起身子，眼球突然啟動發亮，宛如霓虹燈的青綠色雙眼直盯著他。獵犬又低吼一聲，那是一種怪異而刺耳的聲響，混雜了電子儀器的嘶嘶聲、滋滋聲和金屬的摩擦聲，機器的鈍齒一轉，彷彿出現許久未曾顯現而老舊的懷疑。

「不，不是的，孩子。」蒙塔格說著，心臟怦怦跳動。

他看見銀色探針往前伸了一吋，縮回、往前伸，又縮回，野獸的體內響起悶悶吼聲，雙眼盯著他。

蒙塔格往後退，獵犬也從狗屋裡往前踏了一步。

此時，蒙塔格一把抓住黃銅杆，杆子隨之反應往上，帶他安靜地穿過天花板。他踩在半照明的樓板上，全身發顫，臉色一陣青一陣白。樓下的獵犬坐了回去，縮起它八隻駭人的蟲腳，再度兀自嗡鳴，多角複眼也暗淡下來。

蒙塔格站在出勤洞旁平復恐懼。在他身後，四個男人坐在角落的牌桌前，就著頭上一盞綠色燈罩的光源玩牌，他們瞥了他一眼，但沒說什麼。只有那個戴著繡有鳳凰標誌、隊長帽子的人終究還是敵不過好奇心，從隔著老遠的房間另一頭對他說話，他精瘦的手裡還抓著牌。

「蒙塔格？」

「它不喜歡我。」蒙塔格說。

「什麼，獵犬嗎？」隊長研究著手裡的牌，「得了吧，它沒什麼喜歡不喜歡的。它只會『工作』。就像彈道學教的那樣，我們設定好彈道，它就會照做，自己瞄準、自己歸位，然後斷電；不過是一堆銅線、備用電池和電力罷了。」

蒙塔格吞了口口水，「它的計算程式可以設定成任何組合，多少氨基酸、多少硫、多少脂肪、多少鹼，對吧？」

「我們都知道。」

「這裡所有人體內的化學平衡和成分資料都記錄在樓下的總檔案裡，假如某人想在獵犬的『記憶體』裡輸入某個數值，例如微調氨基酸的數值，應該很容易吧？那就能解釋那隻動物方才的反應了。它剛剛對我有反應。」

「見鬼。」隊長說。

「它動了怒，但不是完全發作，某人只是調好記憶體的設定，調得剛剛好，我一摸它，它就吼了一聲。」

「誰會這麼做？蓋伊，你在這裡沒有死對頭啊。」隊長說。

「據我所知沒有。」

「明天讓我們的技師檢查一下獵犬。」

「這不是它第一次威脅我了，上個月就發生了兩次。」蒙塔格補充道。

「我們會修好的，別擔心。」

但蒙塔格並未離開，只是杵在那兒想著家中客廳裡的空調格柵，還有藏在格柵後的東西。如果打火站裡的某人知道格柵的事，他們會不會「告訴」獵犬呢……？

隊長走到出勤洞旁，瞧了蒙塔格一眼，臉上帶著疑問。

「我只是在想，底下的獵犬晚上都在想些什麼？真的只有我們啟動時，它才會動嗎？光想就叫人發抖。」蒙塔格說。

「我們不讓它想的，它就不會想。」

「真悲哀。」蒙塔格輕聲說道，「我們灌輸給它的只有狩獵、搜索和殺戮。如果它僅知道這些也太可惜了。」

畢提用鼻子輕哼了一聲，「見鬼！這可是設計精良的產品，能自己捕捉目標的步槍，而且每次都能命中靶心。」

「所以說，我才不想當它的下一個犧牲品。」蒙塔格說。

「怎麼？你做了什麼虧心事嗎？」

蒙塔格很快抬頭瞄了一眼。

畢提站在原地，雙眼沉穩的盯著他，然後開口發出極輕柔的笑聲。

---

一、二、三、四、五、六、七天，他只要走出家門，克萊莉絲總會出現在這個世界的某處。有一次他看見她正在搖晃一棵胡桃樹，有一次看見她坐在草地上編織藍色毛衣，有三、四次，他發現自家門廊上放著一束剛摘下的鮮花、裝在小袋子裡的一把栗子，或是仔細別在一張白紙上的幾片秋天落葉，用圖釘釘在他家大門前。每天，克萊莉絲都會陪他走到街角，有一天下著雨、隔天晴朗，再一天刮著強風，再一天天氣溫和平靜，而平靜過後那天則是如火爐般的盛夏，克萊莉絲到了接近傍晚時分已經曬

得整臉紅通通的。

有一次他站在地鐵站的入口說：「為什麼我覺得自己認識妳好多年了？」

「因為我喜歡你，我對你一無所求，而且我們彼此了解。」她說。

「妳讓我覺得自己好老，簡直像個父親。」

「換你解釋一下，如果你這麼愛孩子，怎麼沒生個像我這樣的女兒？」她問。

「我不知道。」

「你在說笑。」

「我是說，」他停下腳步，搖搖頭，「這個，我妻子，她……她一直都不想要孩子。」

女孩的微笑消失了，「對不起，我真的以為你在取笑我。我真笨。」

「不，不會。這是個好問題，很久沒人關心這件事，也就沒人問了。是個好問題。」他說。

「聊點別的吧。你聞過枯葉的味道嗎？是不是很像肉桂？來，聞聞看。」

「對耶，是挺像肉桂的。」

她澄澈的黑色眼眸注視著他，「你總是很驚訝的樣子。」

「我只是從來沒時間——」

「你去看了延伸開來的廣告看板嗎？就像我告訴你的那樣？」

「我想有吧，對。」他忍不住笑了。

「你的笑聲比以前好聽多了。」

「是嗎？」

「放鬆很多。」

他覺得很自在、很舒服，「為什麼妳沒去上學？我每天都見到妳四處閒晃。」

「噢，少了我也沒差。他們說我有反社會傾向，跟他們合不來。真奇怪，其實我很善於與人來往的。這全看你如何定義『社會化』這個詞，對吧？社會化對我來說就像這樣跟你聊些事情，」她撥弄著前院樹上掉下來的栗子，發出喀拉聲響，「或是談談這個世界有多奇怪。與人相處的感覺很好，但我覺得把一群人聚在一起卻不讓他們聊天，這不叫社會化，對吧？上一小時電視課，一小時籃球課、棒球課或跑步，上一小時抄寫歷史課或畫圖，然後是更多運動。可是你知道嗎？我們從來不問問題，或至少大部分人都不問。他們只是把答案送到你眼前，嗶、嗶、嗶，我們就坐在那裡再看四小時的影片教學。那對我來說一點也不社會化。那是大量的水從無數個漏斗嘴裡倒下來，再流出去，他們說那是酒，可是根本不是。一天下來，他們把我們搞得很狼狽，而我們什麼也做不了了，只能上床睡覺，或是去遊樂園欺負別人、在砸窗特區裡砸爛窗玻璃，或到砸車特區用大金屬球砸爛車子；又或者開車到街上狂飆，看看誰停車時離燈柱最近，或是捉對開車衝向彼此，誰先閃開誰就是膽小鬼，不然就是賽車時故意衝撞旁邊的車輛，夠大膽的會撞掉對手的車輪蓋。我想他們怎麼說我，那些話都是對的，我沒有朋友，這應該證明了我不正常。可是我認識的每個人若非大吼大叫、跳舞跳得像發瘋似的，不然就是互相鬥毆。你注意到現在的人是如何彼此傷害的嗎？」她說。

「妳說話的感覺好老成。」

「有時候我覺得自己像個古人。我害怕和我同年齡的孩子，他們會互相殘殺。難道一直都是如此嗎？我叔叔說不是。光是去年，我就有六個朋友遭到射殺，還有十個在車禍中喪生。我很怕他們，他們也因為這樣不喜歡我。我叔叔說在他祖父的記憶中，孩子不會互相殘殺，但那是很久以前的事了，當時的情況和現在不同。我叔叔說，他們相信責任感。你知道嗎，我很有責任感，幾年前我還沒有，直到犯錯挨了打。還有，我都是親自購物、親手打掃房子。

「不過最重要的，」她說，「我喜歡觀察別人。有時候我一整天都待在地鐵上，看著人們，聽他們說話。我只是想搞清楚他們是誰，他們想要什麼、要去哪裡。有時候我甚至會去遊樂園、坐在噴射車裡，看他們午夜時分在小鎮邊界狂飆，而警察也滿不在乎，只要有一萬塊保險，每個人都能開開心心的。我會四處窺探，在地鐵裡聽人說話，或坐在飲料櫃旁聆聽，但是你知道嗎？」

「怎麼？」

「那些人什麼也沒說。」

「噢，一定有！」

「沒有，什麼也沒說。他們大多會叫出很多車子、衣服、游泳池的名字，說得天花亂墜！不過他們只是在講相同的事，沒人談和其他人不一樣的事。而他們待在咖啡廳裡的大多數時間，只是把笑話盒打開，持續聽同樣的笑話；或是讓音樂牆亮著，看那些彩色圖樣跑上跑下，但不過是顏色和抽象的圖形罷了。還有博物館，你看過嗎？全是抽象的，現在只有那些了。我叔叔說以前不是這樣的，很久以前，圖畫會說故事，上面甚至還有人物。」

「妳叔叔說、妳叔叔說，妳叔叔一定很了不起。」

「他是，他當然是。嗯，我得走了。再見，蒙塔格先生。」

「再見。」

「再見……」

——

一、二、三、四、五、六、七天，打火站。

「蒙塔格，你爬上那杆子像是鳥兒飛上樹梢一樣。」

第三天。

「蒙塔格，我看見你這次從後門進來。獵犬嚇到你了嗎？」

「沒有、沒有。」

第四天。

「蒙塔格，有件好玩的事，今早聽說的。有個西雅圖的打火員，故意把機器獵犬的設定改成自己的化學成分，然後把獵犬放開。你會怎麼稱呼這種自殺方式？」

五、六、七天。

然後，克萊莉絲消失了。他不知道那天下午發生了什麼事，但是他看不到她存在於這世上的某個地方。草坪空蕩蕩的、樹上空蕩蕩的、街上空蕩蕩的，而一開始他甚至沒察覺到自己想見她，或甚至在尋找她的蹤影，事實上當他走到地鐵站時，心中有股不安隱隱躁動。出了什麼問題，他的生活步調被打亂了。雖說只是一個單純的習慣，沒錯，短短幾天之內培養起來的，可是……？他差點就要回頭再走一遍，讓她有時間可以出現，他很肯定如果他再走一次相同的路，一切就會沒問題。不過時間已經晚了，他該搭的車也到站了，打斷了他的計畫。

撲克牌不停翻動，手部的動作、眼睛眨個不停，從打火站天花板傳來單調的報時聲：「……十一月四日星期四上午，一點三十五分……一點三十六分……一點三十七分……」撲克牌在油膩的桌面發出輕彈聲響，所有聲音朝著蒙塔格襲來，都在他闔上雙眼之後，越過他暫時豎立的屏障。他可以感覺到打火站裡充滿了閃爍的光芒和靜默，四處是黃銅色、硬幣的顏色、金色和銀色的色澤。坐在桌子對面，蒙塔格看不見的男人對著自己手上的牌嘆氣。「……一點四十五分……」語音時鐘哀悼著，在這特別冷冽的一年，寒冷早晨中的寒冷時刻。

「怎麼了，蒙塔格？」

蒙塔格睜開眼。

某處傳來的廣播聲嗡嗡作響：「……隨時可能宣布開戰，全國已做好準備，捍衛……」

一大群噴射機劃過漆黑的清晨天空，發出單調聲響，整座打火站隨之顫抖。

蒙塔格眨眨眼，而畢提看著他的樣子，彷彿在博物館欣賞雕像。畢提隨時會站起來繞著他走，觸摸、探索他的罪惡感與自覺。罪惡感？什麼樣的罪惡感？

「蒙塔格，該你了。」

蒙塔格注視著那些男人，燻傷的臉歷經一千次真實的和一萬次想像中的大火洗禮，大火的傑作讓他們雙頰泛紅，眼神狂熱。這些男人沉穩盯著白金點火器的火焰，點燃黑色菸斗，菸斗的火從不熄滅。他們的樣貌如出一轍，黑炭般的頭髮、煤灰色的眉毛，還有沾染藍色煙灰的臉頰，他們仔細刮過了鬍子，但鬍子的痕跡依然可辨。蒙塔格動了一下，張開了嘴巴。他沒看過哪個打火員不是黑髮、沒有黑色眉毛、如火燒般的臉龐，以及明明刮乾淨了卻像是沒刮的下頷，這些人都有如他在鏡中看到的自己！莫非所有打火員都是因為這副相貌和氣質被選中的？他們身上帶著煤渣煙灰般的顏色、抽著菸斗，讓他們身上總是散發出菸草味。那邊的畢提隊長在雷暴雲般的菸草煙霧中起身，打開一包新鮮菸草，揉皺玻璃紙的聲音猶如火在燒。

蒙塔格看著手上的牌：「我……我一直在想上星期的那場火，我們搞定的圖書館，那個男人後來怎麼了？」

「他一直尖叫，他們就把他送進精神病院了。」

「他沒瘋。」

畢提靜靜整理他的牌，「倘若有人以為自己可以騙過政府和我們，那人就是瘋了。」

「我試著想像過到底是什麼感覺。我是說，打火員把我們的家和書都燒了，是什麼感覺。」蒙塔格說。

「我們沒有書。」

「但如果有的話。」

「你有嗎？」

畢提緩緩的眨眼。

「沒有。」蒙塔格的視線越過畢提，看著牆上那張印刷整齊的一百萬本禁書清單；這些書名在火中跳躍，多年來在他的利斧和噴管下燃燒，只是噴管噴出的不是水，而是煤油。「沒有。」但是在他心裡吹來一陣涼風，吹開他家中的空調格柵，並輕柔、冷冽地拂過他的臉。他再次看見自己站在綠色公園裡，和一位老人說話，公園裡的風也充滿寒意。

蒙塔格遲疑了一會兒：「一直——一直都是這樣嗎？打火站和我們的工作？我是說，這個，很久很久以前……」

「很久很久以前！」畢提說，「這是什麼話啊？」

笨蛋！蒙塔格心想，你會說溜嘴的。上一場火中燒了一本童話故事集，他瞄了其中一行。「我是說，過去在房子還不是完全防火以前——」突然間，似乎有個更年輕的聲音替他說話，他張開嘴，發出的卻是克萊莉絲·麥可勒蘭的聲音，「打火員應該要阻止火勢，而非潑灑燃料放火？」

「真好笑！」史通曼和布萊克拿出他們的規章手冊，裡頭也記載了美國打火員簡史，雖然蒙塔格早已熟讀，他們還是將手冊攤在他能清楚讀到的地方：

創立於一七九〇年，旨在燒毀殖民地中受英國影響的書籍。

第一位打火員：班傑明·富蘭克林。

規則第一條：警報響起，快速回應。

第二條：迅速升起火勢。

第三條：燒盡一切。

第四條：立即回報打火站。

第五條：保持警覺，提防其他警報。

每個人都看著蒙塔格，他沒有動作。

警報響起。

天花板上的警鈴敲了有兩百下，突然四張椅子都空了，撲克牌如雪花紛飛般掉落。

黃銅杆微微顫抖，人都不見了。

蒙塔格坐在他的位子上，樓下那條橘色火龍咳了幾聲，恢復生氣。

蒙塔格如夢初醒般滑下黃銅杆。

機器獵犬在狗屋中躍動起來，兩眼發出綠色火光。

「蒙塔格，你忘了頭盔！」

他從身後的牆上取下頭盔，向前奔跑、跳躍，接著他們就出發了。他們迎著夜晚的風，警鈴大聲咆哮著，巨大的金屬怪獸發出如雷巨響。

那是在舊城區裡一座外觀斑駁的三層樓建築，至少已有百年歷史，不過就和其他房子一樣，在許多年前加上了一層薄薄的防火塑膠護套，而這層防護套似乎是它仍佇立在天空下的唯一支撐。

「我們到了！」

引擎猛然熄火。畢提、史通曼和布萊克跑上人行道，他們穿著厚重的防火衣，突然看起來既可憎又臃腫。蒙塔格跟隨其後。

他們從前門衝了進去，抓住一個女人，但她並沒有逃跑，她沒有想逃的意思。她只是站在原地，身體搖搖晃晃，盯著空無一物的牆面，好像他們朝她頭上重重敲了一記。她的舌頭在嘴裡蠕動，眼神看起來似乎在努力想起什麼，然後她想了起來，舌頭也跟著動了：

「『慷慨就義吧，瑞德利大人。今日吾等當以上帝恩典在英國點燃其燭，相信將永不熄滅。』」

「夠了！」畢提說，「東西在哪裡？」

他賞了她一個耳光，而她的態度冷靜到不可思議，他又問了一次。此時，老婦人的眼睛看著畢提，「你們知道在哪裡，否則就不會來了。」

史通曼拿出一張通報卡，後頭抄寫著電話報案的投訴內容：

「合理懷疑閣樓，城區榆樹街十一號。E・B。」

「那應該是我的鄰居布雷克太太。」老婦人看著名字縮寫說。

「好吧，兄弟們，我們上！」

接著，他們衝上一片散發霉味的黑暗中，揮舞銀色短柄小斧把門劈開，不過門並沒有上鎖，他們踉踉蹌蹌的跑進屋裡，像是一群男孩在打鬧高喊。「嘿！」蒙塔格躡手躡腳爬上陡直的樓梯，一大疊書如湧泉般嘩啦啦倒在蒙塔格身上。真麻煩！過去總是如此，就像捻熄蠟燭一樣，警察會先到場，用膠布封住受害者的嘴，再綑綁起來拖進那台閃閃發光的金龜車裡；這樣一來，你抵達現場時只會看見空蕩蕩的房子，你不會傷害任何人，只會傷到東西！而既然東西不會真的受傷，東西沒有感覺、不會尖叫或哭泣，不會像這個女人開始尖叫或放聲大喊，事後你的良心不會受到任何譴責。你只是在清理，基本上就是清潔員的工作，讓一切都在它該有的位置上。快點淋上煤油！誰有火柴！

但是，今晚有人出了差錯，讓這女人破壞了規矩。打火員製造出嘈雜的噪音，他們笑著、胡亂開著玩笑，只為了掩蓋樓下那女人控訴似的恐怖靜默，她讓空蕩蕩的房子充滿了轟然指控，抖落大量罪惡灰塵，在他們四處查探時吸進他們的鼻腔之中。這樣一點也不光明磊落、一點也不正當。蒙塔格覺得自己的怒氣升到頂點，她根本不應該在這裡，說什麼都不應該！

書本不停轟炸著他的肩膀、手臂，和他上仰的臉。一本書亮了起來，幾乎像是聽得懂人話一樣，像隻白鴿落在他手裡，振動著翅膀。在昏暗、搖曳的光線下，書本翻至某一頁，猶如一片雪白羽毛，上頭的文字印刷如此精細。現場的氣氛匆忙混亂，他僅有片刻能讀上一行，但那行文字下一秒便猶如燒紅的鐵深深烙印在他腦海中：「午後陽光中，時間也睡著了。」他放下書，馬上又有另一本落進他手裡。

「蒙塔格，上來！」

蒙塔格的手像張嘴含住般抓著那本書，不知從何而來的滿腔熱忱，又似什麼也沒多想的瘋狂，他將那本書緊抱在胸前。樓上的人一鏟一鏟地將雜誌擲入滿布灰塵的空氣中，雜誌有如遭大屠殺的鳥兒紛紛落下，而那個女人站在底下，就像個小女孩站在鳥屍中。

蒙塔格什麼也沒做，是他的手自己完成的，他的雙手彷彿有自己的大腦，良知和好奇心流竄在每一根顫動的指頭，雙手變成了賊……現在，他的手把書塞回手臂底下，緊靠著汗濕的腋窩，再匆匆抽出時，手上已經空了，宛如魔術師華麗的演出！看這裡！什麼也沒有！看哪！

他發著抖，盯著那雙發白的手。他把手伸得老遠，像是自己有遠視毛病一樣，又把手拉近，一副自己瞎了的樣子。

「蒙塔格！」

他猛轉過身。

「白痴，別光站著！」

書本堆在地上，宛如成堆的魚等著乾涸而死。打火員在上頭跳舞、滑倒撲在書堆上。燙金的書名眨著閃閃發光的眼睛，掉下去，不見了。

「煤油！」

他們從綁在肩上標示四五一的油罐裡抽出冰冷的液體，灑滿每一本書，以及每個角落。

他們急忙下樓，蒙塔格腳步踉蹌的跟在後頭，身上滿是煤油的氣味。

「走啊，太太！」

那女人跪在書堆中，撫摸著浸濕了的皮革與紙板，她用手指辨讀燙金的書名，雙眼瞪視蒙塔格，控訴著。

「你們永遠也帶不走我的書。」她說。

「妳明知法律如此。」畢提說，「妳的常識到哪去了？那些書裡的內容根本自相矛盾，妳被關在這裡這麼多年，只是陪著一座平凡無奇、該死的巴別塔。清醒點！那些書裡的人從來不存在於這個世界上，快走吧！」

她搖搖頭。

「整棟房子都會燒起來的。」畢提說。

打火員笨拙地走到門口，他們回頭看著蒙塔格，他正站在女人身邊。

「你不會把她留在這裡吧？」他抗議道。

「她不肯走。」

「那就逼她走啊！」

畢提舉起手，手裡藏著點火器。「我們得回打火站了。再說，這些瘋子老想要自殺，這招我看多了。」

蒙塔格把手搭在女人手肘上，「妳可以跟我一起走。」

「不，」她說，「但還是謝謝你。」

「我數到十。」畢提說，「一、二。」

「拜託。」蒙塔格說。

「你走吧。」女人說。

「三、四。」

「來。」蒙塔格拉起女人。

女人低聲回答：「我想留在這裡。」

「五、六。」

「你可以不用數了。」她說。她微微放開一手手指，掌心裡有根細長的東西。是廚房常用的火柴。

打火員見狀跑得更快，離房子遠遠的。畢提隊長仍維持著風範，慢慢從前門退出去，見識過一千場大火再加上夜晚的騷動，讓他粉紅色的臉燒紅、發亮著。天啊，蒙塔格心想，一點也沒錯！警鈴總是在夜晚響起，從不是白天！因為夜晚的火勢更加美麗嗎？或是愈發壯觀、愈加精采？畢提粉紅色的臉面向門內，如今顯露出一絲絲驚惶。女人握著火柴的手抽搐了一下，濃濃的煤油氣味逐漸朝她籠罩。蒙塔格感到那本藏起來的書在他胸前有如心臟般搏動。

「走吧。」女人說。蒙塔格發現自己往門外退得愈來愈遠，跟在畢提後面，走下階梯、跨過草坪，留下一條煤油鋪成的道路，有如邪惡的蝸牛留下的痕跡。

她走到前門廊上，動也不動地站著，用雙眼打量每一個人，她的沉默是一種譴責。

畢提輕彈手指，點燃煤油。

他晚了一步。蒙塔格倒抽一口氣。

門廊上的女人一臉睥睨，在欄杆劃燃廚房火柴。

整條街上的人都跑出屋外觀望。

返回打火站的途中，他們不發一語，也無人彼此交換眼神。蒙塔格和畢提及布萊克坐在前座，他們甚至沒抽菸斗。他們坐在車上，盯著巨大火蜥蜴的前方，拐過街角，然後繼續沉默前進。

「瑞德利大人。」蒙塔格終於開口。

「什麼？」畢提說。

「她說，『瑞德利大人。』我們進門的時候，她說了些奇怪的話，『慷慨就義吧，瑞德利大人，』什麼、什麼、什麼的。」

「『今日吾等當以上帝恩典在英國點燃其燭，相信將永不熄滅。』」畢提說。史通曼回頭盯著隊長，蒙塔格也是，一臉驚訝。

畢提揉揉下巴，「一五五五年十月十六日，有個叫拉提瑪的人跟一個叫尼可拉斯·瑞德利的人說了這樣的話，他們在英國牛津因異教信仰被活活燒死。」

蒙塔格和史通曼轉頭繼續盯著街道，路上的景色在引擎轉動輪子時不停變換。

「我腦子裡都是這些片段，」畢提說，「大部分打火隊長都得如此。有時候連我自己也覺得驚訝。小心點，史通曼！」

史通曼踩下煞車。

「該死！你開過頭了，我們在那個街角就該轉彎回打火站了。」畢提說道。

---

「是誰？」

「還會有誰？」蒙塔格說，他在黑暗中背靠著關上的門。

過了一會兒，他的妻子才說：「噢，開燈吧。」

「我不想要燈光。」

「上床睡吧。」

他聽見她不耐的翻了個身，床墊彈簧嘎嘎作響。

「你喝醉了嗎？」

都是從那隻手開始的。他感覺自己的一隻手，接著是另一隻手把外套脫下，讓它落到地板上。他抓著褲子，扔進黑暗的深淵中。他的雙手已經被感染，很快就會蔓延到手臂，他可以感覺到毒氣從手腕蜿蜒而上，爬到手肘，接著是肩膀，然後從一邊的肩胛骨跳到另一邊肩胛骨，就像火花跳過空隙一樣。他的雙手掠奪成性，而他的雙眼也開始感到飢渴，彷彿他必須看點什麼，任何東西、所有東西。

他妻子說：「你在做什麼？」

他試著保持平衡，冰冷汗濕的手指抓著那本書。

過了一會兒，她說：「別只是傻站在那兒。」

他發出小小的聲響。

「怎麼了？」她問。

他發出更多輕柔的聲響。他踉踉蹌蹌走到床邊，笨拙地把書塞到冰冷的枕頭底下，然後一頭倒在床上，他的妻子嚇得叫出聲來。他彷彿躺在房間的另一頭，離她遠遠的，躺在四周是空蕩的海的冬日島嶼上。她跟他說話，似乎說了很長一段時間，談談這個、談談那個，而一切都只是無意義的話語，就像有一次他在朋友家的兒童房聽到的，一個兩歲大的孩子正學著把單詞組合起來，說著沒人聽懂的話，對空氣發出好聽的聲音。然而蒙塔格什麼也沒說，只發出小聲的回應，過了良久，他感覺她在房裡走動，來到床邊俯視著他，伸出手來觸摸他的臉頰。他知道，當她抽回手時，他的臉是濕的。

深夜時分，他看著另一邊的蜜卓。她醒著，空氣中有股旋律正跳著小小的舞步，她的貝殼耳機又塞回耳裡，聽著從遠方傳來的聲音，望進上方天花板無盡深沉的黑暗裡。不是有個老笑話這樣說：有個妻子電話講個不停，氣急敗壞的丈夫跑出門，到離家最近的雜貨店打電話給妻子問她晚餐吃什麼？好吧，那他何不自己買一台音訊耳機廣播器，深夜時就能和他妻子說話，低語、悄聲、大吼、尖叫、咆哮。但是，他能悄聲說什麼、咆哮些什麼呢？他可以說什麼？

突然間，她感覺好陌生，他簡直無法相信自己曾經認識她。他待在別人的房子裡，就像別人說的那些笑話：有個男人喝得醉醺醺的，很晚很晚才回家，結果開了不對的門、進了不對的房間、跟陌生人上了床，一早起來去上班，而兩人都不知道發生了什麼事。

「小蜜……？」他低聲說道。

「怎麼了？」

「我不是想嚇妳，只是想知道……」

「什麼？」

「我們是什麼時候見面的？在哪裡？」

「我們見面要做什麼？」她問。

「我是說——第一次。」

他知道她一定在黑暗中蹙起了眉。

他說得更清楚一點，「我們第一次見面是在哪裡？什麼時候？」

「唉，就是在——」

她停了下來。

「我不知道。」她說。

他覺得心灰意冷，「妳不記得了嗎？」

「那是好久以前的事了。」

「才十年，就這樣，才十年！」

「別那麼激動，我很努力在想了。」她尷尬笑了一下，然後笑聲愈來愈明顯，「真好笑、好好笑喔，居然不記得是什麼時候、在哪裡認識自己的丈夫或妻子了。」

他躺著緩緩按摩他的雙眼、眉毛，以及頸後，他把雙手放在眼睛上方，穩定施加壓力，感覺像是要把某段記憶放進正確的位置裡。突然間，這件事成了他一生中最要緊的一件事，他必須知道自己在哪裡認識了蜜卓。

「那不重要啦。」她已經起身走進浴室裡，他聽見流水聲，以及她發出的吞嚥聲。

「對，我想不重要。」

他想算算她吞了幾次。他想起那兩個一臉氧化鋅顏色的男人，他們抿成一直線的嘴裡叼著菸，那條電眼蛇往下蜿蜒，穿過一層又一層黑夜、石頭，以及停滯如死水的泉水，他想對著她大喊，妳今晚已經吃了多少！藥丸！妳等等又要吃多少，還渾然不覺？繼續下去，每個小時都這樣！也許不是今晚，是明天晚上！而現在既然起了頭，我今晚不會睡著、明晚不會，有好長一段時間都不會。他想起她躺在床上，兩名操作員站在她身旁俯視，沒有彎腰表示關心，只是站得直挺挺的，雙臂交叉抱於胸前。他記得自己當時心想，如果她死了，他一定不會哭。因為那就像某個他不認識的人，在街邊看過的臉、報紙上出現的臉，就這樣死了。突然間，這個念頭是如此不應該，他開始哭泣，不是為了死亡，而是他不會為了死亡掉淚，他不過是個愚蠢空虛的男人，待在一個愚蠢空虛的女人身邊，而那條飢渴的蛇會讓她更加匱乏。

一個人是怎麼變得如此空虛？他覺得奇怪，是誰掏空了你？而那天那朵討厭的花，蒲公英！那解釋了一切，對吧？「真可惜！你沒有愛上任何人！」為什麼沒有呢？

噢，仔細想想，他和蜜卓之間不是隔著一道牆嗎？認真說來不只一道，目前為止有三道！還很昂貴！住在那些牆裡的叔叔、阿姨、表兄弟、表姊妹、姪子、姪女，像是一群樹上的猴子嘰嘰喳喳地叫，淨說些空話、廢話、渾話，而且說得很大聲、很吵雜、很喧鬧。他從一開始就習慣稱他們為親戚。「路易斯叔叔今天好嗎？」「誰？」「茉得阿姨呢？」他對蜜卓最清楚的記憶，其實是一個小女孩在一片沒有樹的森林裡（真奇怪！），或者說，是一個小女孩迷失在一片高原上，那裡原本長滿了樹（你可以感覺到四周還殘留樹的樣貌），而她就坐在「起居室」中央。起居室，當初命名的人還真厲害。無論何時他走進這裡，那幾面牆總是在對蜜卓說話。

「一定要做些什麼！」

「沒錯，一定要！」

「好啊，那就別光說不練！」

「去做吧！」

「我氣到要吐口水了！」

這是在說什麼？蜜卓說不出來。誰在生誰的氣？蜜卓不太知道。他們要去做什麼？嗯，蜜卓說，就等著看吧。

一陣巨大聲響有如雷暴雨般從牆面襲來，音樂音量大到似乎在轟炸他，他的骨頭幾乎要和肌腱分離。他感覺下巴震動，眼珠子在頭顱裡晃來晃去，如同腦震盪般。等到這一切結束後，他覺得自己像是被拋下懸崖，跟著離心力翻轉，從瀑布口被吐了出來，往下墜落進虛空和空虛，一直——很難——碰到——底——一直——一直——很難——不太容易——碰到——底……然後墜落速度之快，你也抓不到旁邊的東西……一直……很難……抓到……任何東西。

雷聲漸漸減弱，音樂停止了。

「你看。」蜜卓說。

確實很了不起，某件事發生了。雖然牆上的人幾乎沒移動過，也不是真的解決了什麼事，但你會覺得似乎某人打開了洗衣機，或把你吸進一台巨大的吸塵器，讓你淹沒在音樂和純粹的噪音裡。他走出房間，大汗淋漓，差點就要崩潰。在他身後，蜜卓坐在椅子上，那些聲音又繼續說了：

「好，現在一切都沒事了。」那個「阿姨」說。

「噢，可別太有把握。」某個「表哥」說。

「好了，別生氣！」

「誰生氣了？」

「你啊！」

「我？」

「你氣瘋了！」

「我怎麼會氣瘋？」

「因為！」

「很好，都很好，」蒙塔格叫道，「但是他們在氣什麼？這些人是誰？那男人是誰？那女人又是誰？他們是夫妻，還是離婚了、訂婚了，是怎樣？天啊，一切根本兜不起來。」

「他們——嗯，他們吵架了，你知道吧，他們顯然常常吵架。你應該仔細聽，我想他們結婚了吧，沒錯，他們結婚了。怎麼了嗎？」蜜卓說。

那三面牆很快會變成四面牆，這樣一來夢想就完成了。如果不是這個，就是那台敞篷車，蜜卓會以時速一百哩飆到小鎮另一頭，他會對著她大叫，她也大叫回來，兩人都想聽清楚對方說了什麼，卻只聽見引擎轟隆作響。「至少保持最低速限！」他大吼。「什麼？」她喊了回來。「把時速降到五十五哩，最低值！」他高聲喊道。「最什麼？」她尖叫回應。「最低速限！」他吼道。然後她把油門催到時速一百零五哩，抽出他口中那股氣。

等到他們都下了車，她又把貝殼耳機塞進耳裡。

沉默，只有風輕輕吹送著。

「蜜卓。」他在床上翻了個身。

他伸過手去，把那小小的音樂蟲從她耳中拔掉。「蜜卓、蜜卓？」

「怎麼了？」她的聲音很微弱。

他覺得自己好像那些東西，被電力塞進隨音樂改變色彩的牆面空隙中，說著話，但他的話語無法穿透那面水晶障礙。他只能演起默劇，希望她能轉過身面對他、看見他，畢竟他們無法透過玻璃碰觸到彼此。

「蜜卓，妳記得我跟妳提過的那個女孩嗎？」

「什麼女孩？」她幾乎要睡著了。

「住隔壁的那個女孩。」

「什麼隔壁的女孩？」

「就是那個高中女生，克萊莉絲，這是她的名字。」

「噢，對。」他妻子說。

「我好幾天沒看到她了，準確來說是四天。妳有看到她嗎？」

「沒有。」

「我一直想跟妳聊聊她。真奇怪。」

「噢，我知道你在說誰。」

「我就知道妳記得。」

「她啊……」蜜卓在黑暗的房裡說。

「她怎麼了？」蒙塔格問。

「我本來想告訴你的，忘了、忘了。」

「現在告訴我。怎麼了？」

「我想她走了。」

「走了？」

「全家搬到別的地方了。但她是永遠走了，我想她死了。」

「我們說的不可能是同一個人吧。」

「不，是同一個。麥可勒蘭，麥可勒蘭對吧。被一台車輾了過去。四天前吧，我不太確定，但我想她死了。反正他們家也搬走了。我不太確定，但我想她死了。」

「妳不太確定！」

「不是，不是不確定，是很確定。」

「妳怎麼沒早點告訴我？」

「忘了。」

「四天前！」

「我全忘了。」

「四天前。」他徑自低語。

他們躺在黑暗的房間裡，誰也沒有動作。「晚安。」她說。

他聽見一陣微弱的擾動聲，她的手在動，那副電子耳機在枕頭上移動，她用雙手攫住，就像合掌螳螂一樣。現在耳機又回到她耳裡，低鳴著。

他聽見她悄聲跟著哼唱。

屋外，一個影子移動，一陣秋風吹起又消散。但在這片寂靜之中，他聽見還有其他東西，像是一股呼氣對著窗戶吐出來，彷彿飄起一陣淡淡的綠色冷光煙霧，一片大大的十月落葉被吹過草坪，吹走了。

獵犬，他思忖著。今晚它在外頭，現在就在外面，如果我打開窗戶……

他沒有開窗。

到了早上，他渾身發冷，發著燒。

「你不可能生病了。」蜜卓說。

他閉上眼睛，感覺到那股熱度，「我生病了。」

「可是你昨晚還好好的。」

「不對，我一點都不好。」他聽見那些「親戚」在起居室裡大叫。

蜜卓好奇地站在床邊，他感覺她就在那裡，不用睜開眼也能看見她。她的頭髮用化學藥劑燙得像易碎的稻草，眼珠隱約帶點白內障似的混濁，雖然不明顯，但應該就藏在瞳孔後方遠處；她紅紅的嘴脣噘了起來，身體瘦巴巴的，像是正在減肥的合掌螳螂，而膚色看起來如同白色培根。他記不得她還有其他樣子。

「妳可以幫我拿阿斯匹靈和水嗎？」

「你得起床了，」她說，「已經中午了，你比平常多睡了五小時。」

「妳可以把起居室的電視牆關掉嗎？」他問。

「那是我的家人耶。」

「可以為了病人關掉嗎？」

「我會轉小聲點。」

她走出房間，在起居室裡什麼也沒做，然後折回來：「好點了嗎？」

「謝謝。」

「那是我最喜歡的節目。」她說。

「阿斯匹靈呢？」

「你以前從來沒生過病。」她又走開了。

「我現在生病啦。我今晚不去上班了，幫我打電話給畢提。」

「你昨晚怪怪的。」她回來，低聲哼著歌。

「阿斯匹靈呢？」他看著她遞給他的水杯。
「噢。」她又走到浴室，「發生了什麼事嗎？」
「只是一場火。」
「我昨晚很開心。」她在浴室裡說。
「做了什麼？」
「在起居室啊。」
「怎麼了？」
「節目。」
「什麼節目？」
「最棒的節目。」
「誰演的？」
「噢，你知道，就那些人。」
「對，那些人、那些人、那些人。」他按壓著眼睛的疼痛時，忽然傳來一陣煤油味，讓他吐了出來。
蜜卓哼著歌走進來，嚇了一跳，「你幹嘛這樣？」

他沮喪的瞅著地板，「我們放火燒死了一個老婦人和她的書。」

「還好地毯可以洗。」她拿了支拖把開始清理，「我昨晚去了海倫家。」

「妳不能在妳自己的起居室裡看節目嗎？」

「可以啊，但去別人家也不錯。」

她走出門，進到起居室，他聽見她在唱歌。

「蜜卓？」他喊道。

她走回房間，依然唱著歌，邊輕彈手指。

「妳不想問我昨晚發生了什麼事嗎？」他說。

「怎麼了？」

「我們燒了一千本書，還燒死一個女人。」

「然後呢？」

此時，起居室爆出一聲巨響。

「我們燒了但丁的書、史威夫特，還有馬可・奧里略。」

「他不是歐洲人嗎？」

「大概吧。」

「他不是想法很偏激嗎？」

「我沒讀過他的書。」

「他是激進分子。」蜜卓手裡撥弄著電話，「你不會要我打給畢提隊長吧？」

「妳一定要打！」

「不要那麼大聲！」

「我沒有大聲。」他從床上坐起來，突然怒氣沖沖、滿臉通紅、全身發抖。悶熱的空氣中迴盪著起居室傳來的聲音。「我不能打電話給他，我不能告訴他我生病了。」

「為什麼？」

因為你在害怕，他心想，像裝病的小孩一樣不敢打電話，因為只要討論片刻，對話就會演變成這樣：「是的，隊長，我已經覺得好多了，我今晚十點會到。」

「你沒生病。」蜜卓說。

蒙塔格躺回到床上，把手伸到枕頭底下，那本書還藏在那裡。

「蜜卓，我是說如果，或許我會辭掉工作一陣子，怎麼樣？」

「你想要放棄一切嗎？辛苦這麼多年，只因為一個晚上、某個女人和她的書——」

「妳應該看看她的樣子，小蜜！」

「她對我來說什麼都不是；她根本不應該擁有書，那是她自己的責任，她早該想到的。我恨她，她讓你抱持著這種想法，結果下一秒我們就要流落街頭了，沒有房子、沒有工作，什麼都沒有。」

「妳不在場，妳沒有看到。」他說，「書裡一定有什麼力量，是我們無法想像的，讓那個女人願意待在燃燒的房子裡，肯定有什麼。人不會無緣無故留下來。」

「她是個笨蛋。」

「她就跟妳和我一樣理性，或許還更理性，而我們燒死了她。」

「那已經覆水難收了。」

「不，不是水，是火。妳看過起火的房子嗎？會悶燒好幾天。我想這場火會在我心裡燒一輩子。天啊！我一直想撲滅那場火，我一整晚都在想。我想這麼做都想瘋了。」

「你當打火員之前就該考慮到這點。」

「考慮！我有得選嗎？我祖父和父親都是打火員，在睡夢中，我一直追著他們跑。」他說。

起居室響起舞曲的旋律。

「今天你應該上早班，而且兩個小時前就該出發了，我剛剛才注意到。」蜜卓說。

「不光是死掉的那個女人，」蒙塔格說，「昨晚我回想起過去十年來我用過的所有煤油，我想到了書。那是我第一次明白，每一本書後頭都有一個人，那些人得把書的內容想出來，得花很長一段時間把內容寫下來，我以前從沒想過這點。」他下了床。

「有個人窮盡一生的時間，也許寫下了一點他的想法，見證周遭的世界和生命，然後我來了之後，只花兩分鐘，砰！全都完了。」

「放過我，我什麼也沒做。」蜜卓說。

「放過妳！很好，但我要怎麼放過我自己？我們無法讓自己不受打擾，偶爾必須被捲進煩惱裡。妳上次真正感到煩惱是什麼時候？為了某件重要的事，真正重要的事？」

然後，他不再說了。他想起上個星期，那兩顆盯著天花板的白色石頭，還有那條有著探測眼睛的幫浦蛇，以及那兩個肥皂臉男人，他們說話時叼在嘴裡的菸也跟著晃動。但那是另一個蜜卓，那個蜜卓已然深深埋在眼前這個女人心底，她很不安，真的很不安，而這兩個女人從未見過彼此。他轉身過去。

蜜卓說：「好，既然你說完了，去前面看看是誰來了。」

「我不在乎。」

「有台鳳凰車剛剛開了過來，一個身著黑色上衣、臂上還繡著一條橘蛇的男人，已經走到前門來了。」

「畢提隊長？」他說。

「畢提隊長。」

蒙塔格沒有動作，只是立在原地盯著眼前那堵冰冷的白牆。

「妳可以去開門讓他進來嗎？跟他說我生病了。」

「你自己跟他說！」她焦慮得跑來跑去，接著停下來，睜大雙眼，前門對講機呼喊她的名字，聲音很輕、很柔：蒙塔格太太，蒙塔格太太，有人來了，有人來了；蒙塔格太太，蒙塔格太太，有人來了。聲音漸漸微弱。

蒙塔格確認書妥當的藏在枕頭下，他慢慢爬回床上，把被單拉過他的膝蓋、蓋過胸膛，半躺半坐著。過了一會兒，蜜卓離開房間，接著畢提隊長走了進來，雙手放在口袋裡。

「叫『親戚們』閉嘴。」畢提說道，他打量四周的一切，就是沒看蒙塔格和他妻子。

這一次，蜜卓跑走了，起居室裡的哀訴抱怨聲不再叫喊。

畢提隊長坐在最舒服的椅子上，紅潤的臉上掛著祥和的神色。他好整以暇地準備，然後點燃他的黃銅菸斗，吐出一大團煙霧。「我想我應該過來看看，探望一下病人。」

「你怎麼猜到的？」

畢提揚起微笑，露出嘴裡口香糖的糖果粉紅色，以及牙齒上小小的糖果白色。「我什麼都見過了，你今晚會請假。」

蒙塔格坐在床上。

「好吧，」畢提說，「今晚就休假吧！」他檢查他的永久性火柴盒，蓋子上寫著：保證此點火裝置可使用一百萬次，然後漫不經心地點燃那支化學火柴，吹熄、點燃、吹熄、點燃，說幾句話，吹熄。他看著火焰，吹熄，看著升起的煙。「你什麼時候會好？」

「明天。也許再一天，到星期一。」

畢提抽著菸斗，「每個打火員遲早都會遇到這一刻。他們只需要了解這點，他們只需要知道輪子是如何轉動的，還有我們這一行的歷史。現在不像以前那樣會教菜鳥那些了，真他媽的可惜。」他吐出一口煙，「現在只有打火隊長還記得，」又吐出一口煙，「我告訴你吧。」

蜜卓坐立不安。

畢提花了整整一分鐘讓自己準備好，然後回想他想說什麼。

「你問，我們的工作是怎麼開始的？為什麼會有這樣的工作、在哪裡、什麼時候？

嗯，我得說其實是從一個叫南北戰爭的事件開始的。雖然我們的規章手冊宣稱比這更早，但事實是這個國家的人本來處得並不好，直到攝影技術有了進展，然後——二十世紀初有了電影，廣播、電視等開始愈來愈蓬勃。」

蒙塔格坐在床上，動也不動。

「因為發展愈來愈蓬勃，也就變得愈來愈單純。」畢提說，「以前，有些人很喜歡書，這裡、那裡，到處都有，他們可以與眾不同。他們負擔得起不一樣的代價。這個世界很寬敞，但世上到處是眼睛、手肘、嘴巴，人口兩倍、三倍、四倍翻漲。電視和廣播、雜誌、書本降低了格調，就像布丁糊一樣，你聽懂我在說什麼嗎？」

「我應該懂。」

畢提瞄著自己吐出的煙霧形狀，「想像一下，十九世紀的人帶著馬、狗、馬車，都是慢動作；然後到了二十世紀，相機速度加快了，書本變薄，然後是濃縮、消化過的版本，成了摘要，一切都煮到變成笑話，戛然而止。」

「戛然而止。」蜜卓點點頭。

「經典作品被縮短成十五分鐘的廣播節目，然後再縮短成兩分鐘的書籍專題，最後終於成了辭典裡十行、十二行的介紹文字。當然，我這是誇大了，辭典只是參考用書。

但是很多人對《哈姆雷特》唯一知道的(蒙塔格，你自然知道這本書；蒙塔格太太，這書名對妳來說大概只是隱約聽過)，我剛剛要說的是，對《哈姆雷特》唯一知道的就是某本書裡一頁的解釋：現在，你終於可以讀完所有經典；追上你鄰居的腳步。懂了嗎？從育兒室進入大學，又回到育兒室，過去五個多世紀以來，知識成長的模式即是如此。」

蜜卓站起身，開始在房裡走來走去，把東西拿起來又放下。畢提不理會她，繼續說道：

「加速影片播放，蒙塔格，快。點擊、圖片、觀看、眼睛、現在、彈出、這裡、那裡、快、腳步、上、下、進、出、為何、如何、誰、什麼、哪裡、欸？啊！砰！碰！衝、乒、乓、磅！摘要的摘要，摘要的摘要的摘要。政治？一則專欄、兩句話、一行頭條！然後，通通消失在空氣裡！人們的心智團團轉，轉得如此之快，都是因為出版者、剝削者、傳播者的雙手不停壓著離心機幫浦，拋開所有沒必要、浪費時間的念頭！」

蜜卓撫平床單，她拍拍蒙塔格的枕頭時，他覺得自己的心臟陣陣狂跳。現在她拉拉他的肩頭，想讓他移動一下，她就可以把枕頭拿出來，好好整理一下再放回去。或許，她會大叫出聲瞪著他，或乾脆伸手去拿，說：「這是什麼？」以如此動人的天真樣貌，拿起他藏著的書。

「上學時間縮短，校規鬆了，哲學、歷史、外語不用學了，英語和拼寫逐漸受到忽視，最後幾乎完全放棄。生活變得緊湊，工作才是意義所在，一切享受都是為了工作而後生。倘若只要會按下按鈕、拉開關、做些基礎工作，何必還要學什麼知識呢？」

「我幫你整理一下枕頭。」蜜卓說。

「不用！」蒙塔格低聲說。

「拉鍊取代了鈕釦，一個人早晨的著衣時刻就少了這麼多時間思考，那可是哲學的時刻，也是憂鬱的時刻。」

蜜卓說：「來。」

「走開。」蒙塔格說。

「生活成了一場跌坐在地的大失敗，蒙塔格，一切都是砰、哈、哇！」

「哇。」蜜卓拉扯著枕頭說。

「老天啊，不要管我！」蒙塔格激動大喊。

畢提睜大了眼。

蜜卓的手在枕頭後停住了，她的手指劃過那本書的輪廓，當她認出那東西的形狀，臉上露出訝異，接著是震驚。她開口想問……

「將劇院清空，只留給小丑表演；在房間裡裝飾玻璃牆，絢爛的色彩在牆面跑上跑下，宛如五彩紙片、血液、雪莉酒，或是白酒。你喜歡棒球對吧，蒙塔格？」

「棒球很有趣。」

現在畢提幾乎隱形了，聲音從那片煙霧之後的某處傳來。

「這是什麼？」蜜卓問，口氣幾近愉悅。蒙塔格撥開她的手。「這個是什麼？」

「坐下！」蒙塔格吼道。她跳開了，雙手空空。「我們在說話！」

畢提一副什麼都沒發生的樣子，繼續說：「你喜歡保齡球對吧，蒙塔格？」

「保齡球，對。」

「高爾夫呢？」

「高爾夫很有趣。」

「籃球？」

「好玩。」

「撞球、花式撞球？足球？」

「都很有趣。」

「讓大家接觸更多運動，團隊精神、樂趣，你就不用思考，對吧？組織和組織，還有超級組織的超級、超級運動。書裡放更多漫畫、更多圖片，心智受到的滋養愈來愈少。不耐煩。高速公路上塞滿了人，要去某處、某處、某處。可是哪裡也去不了，加油站成了避難所，小鎮變成汽車旅館，流浪的人們隨著月亮潮汐從一個地方湧入另一個地方，今晚住在你中午睡覺的房間，而那是我前晚入住的處所。」

蜜卓走出房間，甩上門。起居室裡的「阿姨們」開始取笑「叔叔們」。

「現在來談談我們文化中的弱勢，好嗎？人口愈多，弱勢也愈多。可別惹到愛狗人士、愛貓人士、醫生、律師、商人、首領、摩門教徒、浸禮會教徒、上帝唯一論教徒，還有移民第二代，包括中國人、瑞典人、義大利人、德國人、德州人、布魯克林人、愛爾蘭人、從奧勒岡或墨西哥來的人。在這本書、這套劇本、這齣電視劇裡的角色不應該代表真正的畫家、地圖繪師、技工。蒙塔格，你的市場愈大，就愈不會處理爭議話題，記住這點！所有少數中的少數的少數，肚臍都得清乾淨了。作者腦中滿溢的邪惡思想都被鎖在打字機裡，真的。雜誌變成攪拌均勻的香草木薯布丁糊，而書呢，那些該死的、自以為是的評論家說的，都成了洗碗水，難怪書都賣不出去了，評論家如是說。但是大眾知道自己要什麼，快樂得轉圈圈，讓漫畫書留下來了，當然還有3D的情色雜誌。蒙塔格，這下你知道不是政府伸出手，一開始就沒有什麼箴言、什麼宣示、什麼監控，沒有！是科技、大眾宣傳，以及少數族群的壓力搞的鬼，感謝上帝！今天，多虧有他們，你可以時時保持開心，你可以看漫畫、刊載真人懺悔錄的精彩雜誌，或是工會會訊。」

「是，那打火員呢？」蒙塔格問。

「噯。」畢提身體前傾，從那一片菸斗吐出的淡淡煙霧中探出頭來，「要怎麼解釋會更簡單、更自然呢？學校裡培養出愈來愈多懂得跑步、跳躍、賽跑的人，還有會修修補補的、唯利是圖的、剽竊的、會飛的、會游泳的，而不是培養出會檢視的、會評論的、明曉道理的、會運用想像力創造的人，『聰明』這個詞自然成了罵人的話，也該是如此。人總是害怕自己不熟悉的東西。你一定記得你學校班上那個特別『聰明伶俐』的傢伙，會背誦一大堆東西、回答許多問題，而其他人只能像個鉛灰小人偶乾坐著、討厭著他，你下課後就會挑這種孩子揍一頓、折磨他們，對吧？當然如此，我們一定都差不多。我們並不像憲法所說，生來便自由平等，平等是人給的。每個人都反映出其他人的形象，這樣皆大歡喜，沒有高山會讓你畏怯，讓人覺得渺小。所以！書就像隔壁屋子裡一把上膛的槍，燒了吧。從那樣的武器中擊出一發，只會破壞人的心智，誰知道那個博覽群書的人把誰當成目標了？我嗎？我可一刻也容不下他們。於是，等到房子終於完全防火了（你那天晚上的假設是對的），世界上再也不需要打火員去執行傳統的任務。他們有了新工作，如同守護我們心智的平靜，因為我們害怕落後，這種情緒應該很容易理解也很正當；打火員成了官方的審查員、法官、劊子手。那就是你，蒙塔格，也是我。」

起居室的門打開了，蜜卓站在門口看著他們，先是畢提，然後又看向蒙塔格。在她身後，房間牆上布滿了綠色、黃色和橘色交錯的火花，嘶嘶作響，並伴隨著音樂噴發，那首曲子幾乎完全是由敲擊鼓、手鼓和鐃鈸所譜成。她的嘴脣掀動說了什麼，但音樂蓋過了她的聲音。

畢提拿菸斗在自己粉紅色的手掌上敲了敲，研究著菸灰，彷彿能從中診斷出什麼象徵符號，尋找其含義。

「你要知道，我們的文明中有太多人口，不能讓少數族群感到不愉快，煩擾他們。問問你自己，我們在這個國家裡最想要的是什麼？想要快樂，對吧？你這輩子不是一直聽到這樣的話嗎？人們都說我想要快樂。好啦，他們不是很快樂嗎？我們不是一直讓他們有生活的動力，並玩得開心嗎？那就是我們生命的一切，不是嗎？為了享受、為了愉悅？你一定也清楚，我們的文化以此滋養了我們許多。」

「對。」

蒙塔格讀著蜜卓的脣，知道她在門口說什麼。他努力不去看她，不然畢提可能也會轉頭過去讀她說了什麼。

「有色人種不喜歡《小黑人桑波》，燒了它；白人不喜歡《湯姆叔叔的小屋》，燒了它；有人寫了關於菸草和肺癌的書，讓抽菸的人哭了？燒了它。沉著，蒙塔格。平靜，蒙塔格。把你的抗爭丟到外頭，更好的做法是丟進焚化爐裡。葬禮讓人不開心也不符合信仰？那就一起消滅吧。一個人死後五分鐘便送進大煙管裡，全國各地的直升機都提供這種焚化服務，十分鐘後，便化為一撮黑灰。先別爭論每個人總要留下紀念什麼的，忘了吧，通通燒掉，燒掉一切。火是如此明亮而乾淨。」

蜜卓身後的起居室不再爆出火花，她也同時停止說話，真是奇蹟似的巧合。蒙塔格屏住呼吸。

「隔壁有個女孩，」他緩緩說道，「她消失了，我想是死了，我甚至記不得她的樣子。但她很與眾不同，她……她怎麼會這樣？」

畢提微笑著說：「這裡或那裡，一定會出現的。克萊莉絲．麥可勒蘭？我們有她一家的紀錄，一直謹慎觀察著。遺傳和環境因素很有趣，不可能在短短幾年間就清除身邊所有奇怪的傢伙。家庭環境可以抵銷很多你在學校試圖造成的影響，所以才會逐年降低幼兒園的入學年齡，現在我們幾乎從孩子一出生就把他們從父母身邊帶走。麥可勒蘭一家住在芝加哥的時候，我們接過幾次假警報，只是從沒發現過書籍。她叔叔的紀錄還不少，有反社會傾向；至於那個女孩，她是顆定時炸彈。我很肯定那個家一直餵養著她的潛意識，看她在學校的紀錄就知道了。她不想知道事情是怎麼發生的，而是為什麼發生。那可不太妙。你對太多事情都問為什麼，繼續下去，最後一定會變得很不開心。那個女孩死了還比較好。」

「對，沒錯。」

「還好，像她這樣的怪胎並不多。我們知道怎麼找出大部分怪胎，在他們還是嫩芽時趁早拔除。你要蓋房子，就不能沒有釘子和木板；要是不想讓房子蓋起來，就把釘子和木板藏起來。如果你不想讓人為了政治問題煩心，就不要給他問題的兩面說法去煩惱，只要給一個，最好是什麼都不給。讓他們忘記有種東西叫戰爭。要是政府效率不彰、頭重腳輕、瘋狂徵稅，讓人民煩惱這些還是比擔心戰爭好。和平，蒙塔格。讓人民參加競賽，看誰記得暢銷金曲的歌詞、各州首都的名字，或是去年愛荷華州收成了多少玉米，用一大堆激不起一滴熱血的資料塞滿人民的腦袋，用滿滿的『事實』將他們塞到快要該死的窒息，讓他們覺得自己大腦裡填滿了東西，知道許多資訊，絕對『聰明』。然後，他們就會覺得自己在思考，覺得自己一直在前進，即使只是在原地打轉。他們這樣就開心了，因為這類的事實不會改變。不要給他們那種不明確的東西，像是哲學或社會學，一點也靠不住，那只會讓人憂鬱。一個人只要懂得把電視牆拆開再組合回去，現在大多數人都會，這樣的人比較快樂，不像那些想用滑尺、量具測量宇宙的人，一旦測量、計算了，只會讓人覺得有如牲畜一般，發現自己的孤寂。我知道，我試過了，管它的呢。所以啦，盡量上俱樂部、參加派對狂歡吧，帶著雜耍演員和魔術師，還有那些不怕死的傢伙，跳上噴射車、機車和直升機，享受性愛和海洛因，只要是和自動反射有關的一切都多來一點。如果戲很難看、電影毫無情節可言、劇很空洞，就用特雷門琴大聲驚醒我吧，我就會覺得自己對這齣戲有反應，即使只是為了應付振動而生的反應。但我不在乎，我就喜歡扎扎實實的娛樂。」

畢提站起身，「我得走了，講課結束，希望我都說清楚了。你只要記得一件重要的事，蒙塔格，我們是幸福男孩，是唱著歡樂歌曲的迪克西二人組，你和我還有其他人都是。有些人想用些自相矛盾的理論和想法惹人不高興，激起一陣小波瀾，我們就要擋住這波浪。水壩牆上破了個洞，我們伸出手指塞住了，穩住，別讓憂鬱的折磨、悲傷的哲學淹沒了我們的世界。我們就靠你了。我想你不明白對如今這個快樂的世界來說，你有多麼重要、我們有多麼重要。」

畢提伸手握了握蒙塔格癱軟的手，蒙塔格仍坐在床上，一副這房子即將倒塌，而他動彈不得的樣子。蜜卓從門口消失了。

「最後一件事，」畢提說，「每個打火員的職業生涯中至少會有一次，有一次心癢難耐的感覺，他會納悶這些書裡寫了什麼。噢，想抓抓癢，是嗎？唉，蒙塔格，相信我，我以前讀過幾本，想知道自己在幹什麼，而那些書裡啥也沒寫！沒什麼你能教給別人或可以相信的東西。如果是小說，那都是不存在的人，用想像力虛構的事。假如不是小說，那更糟，一位教授說另一位教授是白痴，一名哲學家對著另一名哲學家的咽喉尖叫，所有人都四處奔波，捻熄星光、撲滅太陽。看到最後都昏頭了。」

「那麼，要是有個打火員不小心，真的不是有什麼企圖，帶了一本書回家，會怎樣？」

蒙塔格瑟縮了一下，敞開的房門睜著空洞的大眼睛看著他。

「很自然的錯誤，只是好奇心作祟。」畢提說，「我們不會太過緊張或生氣，就讓打火員留著那本書二十四小時。如果他到時候還沒把書燒掉，我們只要來幫他燒掉就好了。」

「當然。」蒙塔格口乾舌燥。

「好了，蒙塔格，你今天可以再來上晚班嗎？晚上或許可以看到你？」

「我不知道。」蒙塔格說。

「什麼？」畢提看來有些吃驚。

蒙塔格閉上眼，「我晚點會到，也許吧。」

「如果你不來，我們一定會很想你。」畢提說著，若有所思地把菸斗收進口袋。

蒙塔格心想，我再也不去工作了。

「早日康復，保重。」畢提說。

他轉身從敞開的大門離開。

蒙塔格透過窗玻璃看著畢提駕車離開，那輛漆成如火焰般金黃的金龜車閃閃發光，輪胎似煤炭般漆黑。

對面街道上，一眼望去，房屋前緣一片平坦。那天下午，克萊莉絲是怎麼說的？

「前廊沒了。我叔叔說，以前有前廊，有時人們晚上會坐在那兒，想聊天的時候就聊天，邊坐在搖椅上搖著，不想聊天時就不聊。有時他們只是坐在那裡想事情，反覆琢磨。我叔叔說建築師把前廊拿掉，因為不美觀，但我叔叔說那只是藉口，檯面下真正的理由，或許是他們不想讓人們像那樣坐著，坐著搖椅聊天，那樣的社交生活不對。人們交談得太多，還有時間思考，於是他們拆掉了前廊，還有花園。現在沒什麼花園可以讓人坐著休息了，再看看家具，也沒有搖椅了，那種椅子太舒服，應該讓人們起身四處跑。我叔叔說……還有……我叔叔……還有……我叔叔……」她的聲音漸漸消失。

---

蒙塔格轉身看著妻子，她坐在起居室中央對著播音員說話，播音員也回應：「蒙塔格太太。」他如是說，這個、那個，還有其他。「蒙塔格太太——」另一件事，還有一件事。上頭附加的轉換器花了她們一百塊錢，會在播音員對著無名觀眾說話時，自動插入她的名字，而事先餘留下的一段空白，能夠填入適當的音節。還有一台特殊的點波倒頻器，用來投射播音員的電視影像，精準對在他嘴脣的位置，發出完美的母音和子音。他的態度友善，毫無疑問，非常友善。「蒙塔格太太，現在看這裡。」

她轉過頭去，雖然她顯然沒在聽。

蒙塔格說：「今天不上班和明天不上班、永遠不去打火站上班，就只差一步。」

「不過你今晚會去，對吧？」蜜卓說。

「我還沒決定。現在我有一股可怕的衝動，想要砸爛什麼、殺死什麼。」

「開金龜車去吧。」

「不用了，謝謝。」

「金龜車的鑰匙就在床頭小桌上。我有那種感覺的時候總喜歡開快車，飆到時速九十五哩時，感覺棒呆了。偶爾我會開一整晚才回家，你根本沒發現。在鄉間開車很好玩，會撞到兔子，有時候會撞到狗。開金龜車去吧。」

「不要，我不想，這次我想保持這種有趣的感覺。天啊，愈來愈強烈了。不知道怎麼回事，我超不開心。我好生氣，卻不知道為什麼。我覺得自己體重增加了，覺得胖了。我一直忍耐著許多事，也不知道要幹嘛，我可能甚至要開始讀書了。」

「他們會把你抓去關，不是嗎？」她看著他的樣子，彷彿他在玻璃牆後。

他穿上衣服，開始在臥房裡踱步，靜不下來。「對，說不定是個好主意，在我傷害某人之前抓住我。妳聽見畢提說的嗎？妳有仔細聽他說什麼嗎？他知道一切的答案。

他是對的，幸福快樂很重要，樂趣就是一切。而我還坐著自言自語，我不快樂，我不快樂。」

「我很快樂啊。」蜜卓的嘴角彎起笑容，「而且引以為傲。」

「我要做點什麼。」蒙塔格說，「我甚至還不知道要做什麼，但我要做件大事。」

「我懶得再聽你廢話。」蜜卓說完，轉身背對他，繼續盯著播音員。

蒙塔格按下牆面的音量控制鈕，播音員便噤聲了。

「小蜜？」他停頓了一下，「這是妳的房子，也是我的。我想我現在應該告訴妳一件事，這樣才對。我早就該告訴妳，但是我甚至不敢對自己承認。我想讓妳看樣東西，我過去一年來一直收著、藏起來，有時候在這裡，有時候在那裡，我不知道為什麼，但我就是做了，一直沒告訴妳。」

他拿了張直背的椅子，慢慢將椅子穩穩拉進客廳，放在靠近前門的地方，爬上椅子站了一會兒，猶如台座上的雕像。他的妻子站在底下等著。然後，他伸手拉開空調系統的格柵，手往裡頭右後方摸索，又移開一扇金屬板，拿出一本書。他看也不看就把書丟到地上，接著又伸手上去拿出兩本書，把書扔到地上。他的雙手不停動作，丟下書，小本的、相當大本的、黃皮的、紅皮的、綠皮的，等他扔完之後，他低頭望著躺在妻子腳邊那二十餘本書。

「對不起。」他說，「我真的沒多想，但現在看來我們在同條船上了。」

蜜卓往後退，像是眼前突然有一群老鼠從地板上冒了出來。他可以聽見她的呼吸急促，臉上還沒了血色，眼睛睜得老大。她喊著他的名字，兩次、三次，然後發出一聲嗚咽，向前伸手抓了一本書就往廚房的火爐跑。

他抓住她，她尖叫起來，他抱住她，只見她試圖掙脫，雙手胡亂抓著。

「不行，小蜜，不行！等等，停一停好嗎？妳不知道……好了！」他摑了她一巴掌，又抓住她、搖晃著。

她喊了他的名字，哭了起來。

「小蜜！」他說，「聽著，聽我講一下好嗎？我們什麼也不能做，我們不能燒掉這些。我想看一看，至少看一次。如果隊長說的是真的，我們就一起燒了它們，相信我，我們會一起燒了它們。妳得幫我。」他低頭凝視她的臉，輕捏下巴，穩穩抱著她。他不只是看著她，同時也在她臉上尋找自己，看看他得做什麼。「不論我們喜不喜歡，都已經陷進去了。這些年來我一直沒要求過妳什麼，但我現在要求妳這件事，拜託妳這件事。我們得開始做點什麼，搞清楚為什麼我們會這樣一團糟，妳和那些靠藥物度過的夜晚、那輛車，還有我和我的工作。我們正直直衝向懸崖，小蜜，天啊，我不想跳下去。這並不容易，我們無以為繼，但或許我們可以拼湊出來、弄清楚，並且互相照應。我現在非常需要妳，我說不出有多麼需要。如果妳還愛我，妳就能忍過去，二十四、四十八小時，我只要求這麼多，然後一切就結束了。我保證，我發誓！如果這其中有什麼意義，只要在這一堆混亂中有那麼一點點，或許我們可以傳給其他人。」

她不再掙扎，於是他放開她。她拖著無力的身軀，靠牆滑坐在地板上看著那些書。她的腳碰到了一本，她見狀便把腳抽開。

「那個女人、那天晚上，小蜜，妳不在場，妳沒看到她的樣子。還有克萊莉絲，妳從來沒和她說過話，我跟她交談過，而畢提那些人很怕她。我想不通，為什麼他們會害怕像她那樣的人？昨晚我一直拿她和打火站裡的人相比，我突然發現我一點也不喜歡他們，我也不再喜歡自己了。我想，或許最好的方法是打火員燒了自己。」

「蓋伊！」

前門傳來輕柔的聲音：

「蒙塔格太太，蒙塔格太太，有人來了，有人來了。蒙塔格太太，蒙塔格太太，有人來了。」

聲音很輕。

他們轉頭盯著大門，書堆得到處都是，散落各地。

「畢提！」蜜卓說。

「不可能是他。」

「他回來了！」她悄聲說。

前門又響起輕柔的聲音：「有人來了……」

「我們不要開門。」蒙塔格往後靠在牆上，然後慢慢下滑成蹲坐姿勢，開始饒富興味的用拇指或食指輕輕挪動書本。他在發抖，他很想把那些書再塞回上頭的空調格柵裡，但他知道自己無法再次面對畢提。他蹲坐下來，應門聲又響起，這次的語氣更堅持了點。蒙塔格從地板上拿起一本小書。「從哪裡開始呢？」他把書翻到中間凝視著，「我想我們應該從頭開始看吧。」

「他會進來的，來燒了我們、還有這些書！」蜜卓說。

前門的聲音終於消失了，只剩下靜默。蒙塔格感覺門外有某人存在，等著、傾聽著。然後腳步聲離開了，沿著車道，跨過草坪消失。

「我們來看看這在寫什麼。」蒙塔格說。

他無力的聲音念出文字，如此強烈感覺到自己正在做什麼。他隨意翻了十幾頁，這裡看看、那裡看看，終於念到這段：

「『根據估算，有一萬一千人在不同的時間點，寧可受死也不願意屈服從蛋殼較小的一頭敲破雞蛋[1]。』」

蜜卓坐在客廳另一側面對他，「這是什麼意思？根本毫無意義！隊長說的是對的！」

「好了，」蒙塔格說，「我們再來一次，這次要從頭開始。」

1　這句話出自《格列佛遊記》，小人國與鄰國征戰不休，兩方有許多意見不合之處，其中之一就是要從雞蛋的哪一頭敲破它，原作者欲藉此諷刺當時不同政治或宗教派系間的紛爭。

# TWO

# The Sieve and the Sand

二

篩子和沙

那一整個漫長的下午，他們就在閱讀中度過，外頭的天空降下冰冷的十一月雨，落在安靜的房子上。他們坐在客廳裡，少了橘色、黃色的繽紛色塊和沖天炮般的爆炸，沒有穿著金色網洞洋裝的女人和穿著黑色天鵝絨、從銀色帽子裡拉出四十五公斤重兔子的男人，那樣的起居室顯得如此空洞而灰暗。起居室裡一片死寂，蜜卓不斷往裡頭張望，表情空洞無神，而蒙塔格則在地板上踱步，回到原來的位置蹲下，又把同一頁大聲讀了有十次之多。

「『我們無法精準斷言友誼是何時形成，就像一點一滴要裝滿一個容器，最後終於滴下那滴液體，讓容器滿盈；所以說，經過一連串友好的善意，至少有一次盈滿了那顆心[1]。』」

蒙塔格坐著傾聽雨聲。

「這就是讓隔壁那個女孩如此特別的原因嗎？我一直努力要想通這一點。」

「她死了。老天，來談談活人好嗎？」

蒙塔格渾身發抖，從客廳走向廚房，沒有回頭看他的妻子，他在那裡站了良久，

1 這段話出自詹姆斯·包斯威爾（James Boswell）所著的《山謬·約翰遜傳》（*Life of Samuel Johnson*），談述所謂的友誼。

看著雨滴打在窗戶上，然後才又回到灰暗的客廳中，等顫抖平息。

他翻開另一本書。

「『最愛的話題，我自己。』」[2]

他瞇起眼睛盯著牆，「『最愛的話題，我自己。』」

「那一句我懂。」蜜卓說。

「可是克萊莉絲最愛的話題並不是她自己，而是其他的一切，還有我。這麼多年來，她是我第一個真正喜歡的人。她是我記憶中第一個直直看著我的人，好像我有多了不起。」他拿起兩本書，「這些人已經死了好久，但是我知道，他們所說的或多或少都指向克萊莉絲。」

在前門外的雨中，傳來一聲微弱的抓撓聲。

蒙塔格僵住了，他看見蜜卓往後緊靠著牆壁，倒抽一口氣。

「有人——在門口——為什麼應門的語音沒有告訴我們——」

「我關掉了。」

從門檻下傳來緩慢而具試探性的嗅聞聲，吐出一口電子蒸汽。

蜜卓笑了，「只是一隻狗，什麼嘛！要我把牠趕走嗎？」

「留在原地別動！」

一陣靜默。冷冷的雨下著，一股藍色電子的氣味從上鎖的門底下吹送進屋裡。

「回去做事吧。」蒙塔格悄聲說。

蜜卓踢了本書，「書又不是人。你在看書，而我環顧四周，什麼人也沒有！」

他瞪視著死灰的起居室，彷彿一片海洋水域，只要打開電子太陽就會充滿生命。

「聽著，我的『家人』是人。他們會告訴我一些事情；我笑，他們也會笑！更別提還有各種繽紛的顏色！」蜜卓說道。

「對，我知道。」

「再說，要是畢提隊長知道有這些書——」她想了一下，臉上露出驚異的表情，然後轉為驚恐。「他可能會來燒了房子，還有我的『家人』。太可怕了！想想我們投資了多少錢。我為什麼要讀？為了什麼？」

「為了什麼！為什麼！」蒙塔格說，「那天晚上我看到世界上最該死的一條蛇，沒有生命卻栩栩如生，能看見東西卻又是瞎的。妳想瞧瞧那條蛇嗎？就在急診醫院裡，

2 同樣出自詹姆斯．包斯威爾的作品。

他們會歸檔報告，記錄那條蛇從妳體內吸出的所有廢物！妳想看他們的檔案嗎？或許妳得查蓋伊．蒙塔格，或者查『恐懼』或『戰爭』。妳想親眼目睹昨晚燒掉的那棟房子嗎？耙耙那裡的灰，找找放火燒了自己房子那個女人的骨骸！克萊莉絲．麥可勒蘭呢？我們要去哪裡找她？太平間！妳聽！」

轟炸機掠過天際，飛越房子上空，尖叫、低鳴、呼嘯著，猶如一座無比巨大、隱形的風扇在虛空中兀自轉動。

「我的老天，每個小時都有這麼多該死的東西在天上飛！我們這一輩子，怎麼無時無刻都有那些該死的轟炸機飛上去！為什麼沒人想談這件事？從二〇二二年以來，我們主動宣戰也打贏了兩次原子戰爭！是因為我們在家裡玩得太開心，以致忘了外面的世界？還是因為我們如此富足，所以根本不在乎其他人的死活？我聽過傳言，這個世界在為飢餓所苦，我們卻吃得很飽。真是如此，全世界都在勞動，但我們只顧著享樂才會這麼惹人厭？這麼多年來，我也聽過有關憎恨的傳聞，雖然是很久以前的事了。妳知道原因嗎？我真的不知道！或許這些書能讓我們更靠近洞口一些，或許能阻止我們再次犯下那個瘋狂的錯誤！我沒聽過妳起居室裡的那些白痴渾蛋談論這些。天啊，小蜜，妳還不懂嗎？一天一個小時、兩個小時，讀這些書，說不定……」

電話響了，蜜卓馬上抓起電話。

「安！」她笑著說，「是啊，白小丑今晚要演出！」

蒙塔格走到廚房，把書扔著。「蒙塔格，」他心想，「你真的很傻。我們這樣又能如何？要把書交出去嗎？別再想了！」他打開書，耳邊迴盪著蜜卓的笑聲。

可憐的小蜜，他思忖著，可憐的蒙塔格，你也是一團迷糊。但你要上哪找人幫忙？這麼晚了去哪裡找老師？

等等。他閉上眼睛。對了，當然了。他發現自己又想起一年前那個綠色公園，最近那個地方經常在他腦海中浮現，而現在他憶起那天在城市公園裡發生的事——穿著黑色西裝的老人好像迅速把什麼東西藏進他的外套裡。

……老人跳了起來，好像要跑走。蒙塔格說：「等等！」

「我什麼也沒做！」老人顫抖喊道。

「沒人說你做了什麼。」

他們在綠色柔和的光線中坐了好一會兒沒有說話，然後蒙塔格談起天氣，老人則用虛弱的聲音回應。這是一次奇怪而安靜的會面。老人坦承自己是一名退休的英文教授，四十年前，當最後一所文學院也因為招募不到學生和贊助人關閉後，他便被迫出來面對如今的世界。他的名字叫法柏，等到他終於卸下心防，說話的聲音便有了抑揚頓挫，並望著天空、樹木和綠色公園。一個小時過去後，他對蒙塔格說了什麼，蒙塔格感覺那是一首無韻詩。然後，老人更大膽了些，說了其他話，也是一首詩。法柏的手搭在外套左邊的口袋上，溫柔地吐出這些話，蒙塔格知道，如果他伸出手，也許會從那男人的外套裡抽出一本詩集。但他並沒有這麼做，他的手仍放在膝蓋上，麻木而無用。「我不談論事情，先生，我只談論事情的意義。我坐在這裡，知道我活著。」法柏說道。

就這麼簡單，真的。一小時的獨白，一首詩、一句評論。然後，法柏在不確定蒙塔格打火員身分的情況下，在一張紙上寫下自己的住址，手還止不住的顫抖。「讓你記著，倘若你決定生我的氣，就有用了。」他說。

「我沒生氣。」蒙塔格驚訝地說。

蜜卓在客廳裡發出尖銳的笑聲。

蒙塔格走進臥室翻閱放在衣櫃裡的檔案夾，上頭有個標簽寫著：待調查（？）法柏的名字便記錄其中。他沒有交出這份文件，也沒有塗掉它。

他用備用電話撥了號碼，遠端的電話線路呼叫法柏的名字十餘次，這位教授才以虛弱的聲音接起。蒙塔格表明自己的身分，電話那頭則是一陣長長的靜默。「是，蒙塔格先生，有什麼事嗎？」

「法柏教授，我想問個有點奇怪的問題。國內還剩下幾本《聖經》？」

「我不知道你在說什麼！」

「我想知道這本書到底還有沒有。」

「這是什麼陷阱吧！我不隨便跟人講電話！」

「還有多少本莎士比亞和柏拉圖？」

「沒有！你和我一樣清楚。沒有！」

法柏結束這場對話。

蒙塔格放下電話。沒有。他當然知道，打火站牆上就列著這些書的清單，但他想聽法柏親口說出來。

客廳裡，蜜卓的臉上盡是興奮。「噢，太太們要過來了！」

蒙塔格拿了本書給她看，「這是舊約和新約，還有……」

「不要又提那個！」

「這可能是世上最後一本了。」

「你今晚得交回去，對吧？畢提隊長知道你有一本，對不對？」

「我想他不知道我偷了哪本書。可是我要選哪一本來代替呢？要交出傑佛遜先生嗎？還是梭羅先生？誰比較沒價值？如果我選了一個替代品，而畢提又知道我偷了哪一本，他便會猜到我們家裡有一整座圖書館！」

蜜卓癟起嘴說，「看你做的好事，你會害死我們！我和《聖經》哪個比較重要？」她開始尖叫，坐在那裡像個因自身高溫而融化的蠟製娃娃。

他彷彿能聽見畢提的聲音：「坐下，蒙塔格。你看，輕柔得彷似花朵的花瓣。點燃第一頁，點燃第二頁，每一頁都化作黑色蝴蝶，很美吧？點燃第三頁，從那一秒開始便是連續不斷的黑煙——那些文字所代表的一切愚蠢事物、一切不實的承諾、所有引自別人口中的想法和過時的哲學，一章接著一章。」畢提坐著，微微冒汗，地板上則散落一群又一群黑蛾，一場風暴便摧毀了牠們。

蜜卓的尖叫才開始便結束了。蒙塔格並未在意，「只有一件事要做，在今晚結束之前，在我把這本書交給畢提之前，我得複製一本。」

「你今晚會看白小丑，那太太們可以過來吧？」蜜卓喊道。

蒙塔格停在門口，轉過身去，「小蜜？」

一陣沉默之後，「什麼事？」

「小蜜，白小丑愛妳嗎？」

沒有回答。

「小蜜，妳的——」他舔了舔唇，「妳的『家人』愛妳嗎？非常、非常愛妳，全心全意愛妳嗎，小蜜？」

他感覺她瞅著他的頸後，緩緩眨眼，「你為什麼要問這麼奇怪的問題？」

他覺得好想哭，但他的眼睛或嘴巴毫無反應。

「如果你看見外面那隻狗，幫我踢牠一下。」蜜卓說。

他遲疑了一會兒，聽著門外的動靜，然後打開門走了出去。

雨已經停了，澄澈的天空中，太陽正準備下山。街道上、草坪上和門廊前空無一物。他重重地嘆了口氣。

他砰地關上門。

他搭上地鐵。

我麻木了，他思忖著。我臉上這種麻木感是何時真正開始的？身體上的呢？那天晚上我踢到藥瓶，感覺就像踢到埋在土裡的地雷。

麻木感會過去的，他心想。這需要時間，但我做得到，或者法柏可以幫我。某個地方有人可以幫我找回昔日的面孔和身體，回復原來的樣子。就連笑容，他思索著，那烙印在臉上熟悉的笑容也不見了。沒那笑容，我一片茫然。

地鐵站在他眼前飛掠而過，奶油色磁磚、黑色噴射機，奶油色磁磚、黑色噴射機，交替了好幾次，接著是黑暗、更多黑暗，以及這一切的總和。

他還小的時候，有一次坐在海邊一處黃色沙丘上，那是個憂鬱、炎熱的夏日正午，他試著在篩子裡裝滿沙，因為某個壞心眼的表哥說：「把這篩子裝滿就給你一角。」而他裝得愈快，沙子漏得也愈快，發出熾熱的低語。他的手累了，沙子燙得像要沸騰，篩子依然是空的。他在七月中旬坐在那裡，感覺淚水從臉頰滾落。

如今，孤獨的地鐵列車載著他匆匆掠過城鎮死寂的地底，搖晃著他，他想起那篩子可怕的運作原理，低頭看見自己拿著翻開的《聖經》。這個由抽吸力驅動的列車上還有其他人，他手上拿著書，心中升起一個愚蠢的念頭：如果我很快把整本書讀完，也許還有一點沙子留在篩子裡。但是他一邊讀，那些文字卻無情地從他的指縫間溜走。他心想，再過幾小時，畢提會在那裡，然後我會把書交出去，所以絕不能漏掉隻字片語，每一行都要記住，我下定決心要做到。

他把書緊緊握在手裡。

車廂內的喇叭聲大響。

「丹漢牌潔齒劑。」

閉嘴，蒙塔格心想。你想野地裡的百合花怎麼長起來。[3]

「丹漢牌潔齒劑。」

他也不勞苦——

「丹漢牌——」

你想野地裡的百合花怎麼長起來。閉嘴，閉嘴。

「潔齒劑！」

他把書整本攤開，快速翻過書頁，像個盲人般撫摸頁面，檢視著個別文字的形狀，眼睛眨也不眨。

「丹漢牌，靈丹的丹——」

3 出自〈馬太福音〉第六章第二十八節：「何必為衣裳憂慮呢？你想野地裡的百合花怎麼長起來；他也不勞苦，也不紡線。」

他也不勞苦，也不……

一把熾熱的沙子咻地流出空篩子。

「丹漢牌做到了！」

你想野地裡的、野地裡的、野地裡的……

「丹漢牌牙齒除垢劑。」

「閉嘴、閉嘴、閉嘴！」這話是懇求。如此聲嘶力竭的吶喊，蒙塔格發現自己站了起來，吵鬧車廂中的乘客則是詫異的瞪視、往後退開，遠離這一臉瘋癲、嫌惡的男子，他乾燥的嘴唇含糊不清地快速移動，手裡還拿著翻開的書。適才還坐著的人們，腳會隨著廣告節奏打拍子：丹漢牌潔齒劑、丹漢牌阿丹牙齒除垢劑、丹漢牌潔齒劑、潔齒劑、潔齒劑，一、二，一、二、三，一、二，一、二、三；那些人的嘴角還微微抽動：潔齒劑、潔齒劑、潔齒劑。而列車上的廣播對著蒙塔格嘔吐，像是要報仇一樣，播放一連串用錫、紅銅、銀、鉻和黃銅敲打出來的音樂，強烈的衝擊讓人們都屈服了，他們沒有跑走，也無處可逃。巨大的氣墊列車向下駛進地底通道。

「野地裡的百合花。」

「丹漢牌。」

「我說百合花！」

人們盯著他看。

「叫警衛。」

「這男人瘋——」

「諾爾觀景台！」一聲叫喊。

「丹漢牌。」有人低聲說。

蒙塔格的嘴幾乎沒有動：「野地裡的……」

列車車門唰地開啟，蒙塔格卻呆立著，直到車門發出抽氣聲、準備關上時，他才躍過其他乘客，腦中高聲尖叫，及時從門縫中擠了出去。他踩著白色地磚跑上隧道，無視電扶梯的存在，他想要感覺自己的腳在動、手臂擺動，肺部緊縮、再放鬆，感覺自己的喉嚨盈滿了空氣而乾渴。一道聲音從他身後飄來：「丹漢牌、丹漢牌、丹漢牌。」列車發出如蛇般的嘶嘶聲，消失在洞穴中。

「是誰？」

「是我，蒙塔格。」

「你想幹嘛？」

「讓我進去。」

「我什麼也沒做！」

「只有我一個人，該死的。」

「你發誓？」

「我發誓！」

前門慢慢打開，法柏探出頭張望，他在光線下顯得很老、很脆弱，而且極度恐懼。老人看起來像是好幾年沒踏出家門，他和屋裡的白色水泥牆看起來沒兩樣，他的嘴脣、臉頰毫無血色，頭髮花白，眼珠子的顏色也褪了，在那片淡藍中摻了白。然後他的視線落在蒙塔格手臂下夾著的書，他看起來不再那麼蒼老，也不再那麼脆弱。他的恐懼漸漸消失了。

「對不起，人總得小心點。」

他看著蒙塔格夾在手臂下的書，忍不住說：「所以，是真的。」

蒙塔格走進去，門關了起來。

「請坐。」法柏往後退，好像擔心如果他移開視線，那本書就會消失一樣。在他身後，臥室的門敞開著，房間裡散落的機件和金屬工具布滿桌面，蒙塔格看了一眼，而法柏發現他注意到那裡，便急忙轉身去關上臥室房門，站在那裡，用顫抖的手握著門把。隨後，他又繼續看著蒙塔格，眼神不太確定，蒙塔格現在坐著，書就放在大腿上。「那本書──你從哪裡──？」

「我偷的。」

法柏第一次抬起眼來，直視蒙塔格的臉，「你很勇敢。」

蒙塔格說，「不，我的妻子快死了，還有個朋友已經死了。有個人或許會成為我的朋友，但還不到二十四小時前被燒死了。你是我認識的人中唯一有可能幫我的，幫我看清楚，看清楚……」

法柏的手在膝蓋上扭動，「我可以看看嗎？」

「不好意思。」蒙塔格把書給他。

「已經好久了。我不是虔誠的人，但是已經好久了。」法柏翻過書頁，一下停住讀讀這裡、讀讀那裡。「就跟我記得的一樣好。天啊，這些日子以來，他們把我們的『起居室』變成什麼樣子，如今基督也是『家人』的一員了，我總懷疑，上帝看見我們讓耶穌打扮起來，祂還認不認得自己的兒子，還是該說，沉淪於打扮了呢？祂現在是一根普通的薄荷糖棒，倘若不是在影射某種每位信徒的必需品，就只是糖結晶和糖精罷了。」法柏聞了聞書，「你知道書聞起來像是肉豆蔻或某種異國香料嗎？我小時候很喜歡聞。天啊，以前有好多好棒的書，然而我們都放棄了。」法柏翻過書頁，「蒙塔格先生，在你眼前的是一名懦夫，很久以前，我就看出事情的發展，但我默不作聲。我曾是清白之人，當時沒有人會聽『罪人』的話，我本可出言反對、抗爭，卻選擇沉默不語，於是自己也成了罪人。最後，他們立下燒書的制度，並利用打火員執行，而我抗議了幾次就放棄了，那時已經沒人跟我一起抗議或吶喊。現在，一切都太遲了。」法柏闔上《聖經》。「好了，看來你要告訴我此行的目的？」

「沒有人願意傾聽，我無法對那幾面牆說話，他們一直對著我吼；我也無法對我妻子說話，她只聽牆的。我只希望有人能聽聽我要說的話，倘若我說得夠久，也許那些話會有點道理。我也希望你能教我理解我所讀到的內容。」

法柏仔細端詳蒙塔格削瘦、有著藍色下巴的臉，「你是怎麼覺醒的？是什麼打掉了你手中的火炬？」

「我不知道。我們擁有一切快樂的必需品，我們卻不快樂。我們還少了什麼。我環顧四周，唯一一樣我知道絕對缺少的就是書。我已經燒書燒了十年、十二年，所以我想書本或許能幫上忙。」

「你真是無可救藥的浪漫。」法柏說道，「倘若這番話不是認真的，就好笑了。你需要的不是書，而是曾經寫在書裡的某些內容；那些『起居室裡的家人』也會需要它們。廣播和電視也可以投射出這極大的細節和覺察，但是卻沒有。不、不，你要找的根本不是書！哪裡找得到你就往哪裡去，在舊的留聲機唱片裡、老電影裡，還有老朋友身上；在大自然裡尋找，在你自己身上尋找。書只是一種容器，儲存許多我們害怕自己可能會遺忘的智識。書本身並沒有魔力，完全沒有，魔力只存在於書中所記載的內容，它能拼湊起整個宇宙的片段，成為我們的衣裳。當然，你不會知道這些，你還無法理解我現在說的這一切的含義。你的直覺是對的，這才重要。我們缺少了三樣東西。

「第一樣：你知道像這樣的書為何這麼重要嗎？因為書有質量。質量是什麼意思呢？對我來說，就是質地。這本書有毛孔、有特徵，它可以放到顯微鏡下檢視，你會在鏡片下看見生命，無窮豐富的生命自眼前流過。毛孔愈多，你在這張紙上每平方吋所記錄的生命細節也就愈真實，你也會變得更『文學』。總之，那是我的定義。述說細節，鮮明的細節。好作家經常觸碰到生命，二流作家只是很快摸上一把，爛作家則會強暴生命，並將之留待蒼蠅享用。

「現在你知道為何有人憎恨、討厭書了嗎？它們會顯示生命臉上的毛孔。在安樂中的人只想看見月光般瑩白的蠟像臉，沒有毛孔、沒有毛髮，也沒有表情。我們生活的時代，花兒努力倚靠著花兒存活，而不是仰賴豐沛的雨水和黑色沃土。就連煙火，如此美麗的東西，都是來自於土地中的化學反應，但我們卻認為自己不必完成生命循環、回歸現實，便能種植、餵養花朵和煙火。你聽過海克力斯和安泰俄斯的傳說嗎？安泰俄斯這個巨人力士穩穩站在土地上便擁有無窮的力量，於是海克力斯將他舉起，使其在空中無根可依，便輕易擊倒了他。倘若這個傳說在這座城市、這個時代毫無值得學習之處，那我就完全瘋了。好了，這是我們需要的第一樣東西——質量，資訊的質地。」

「那第二樣呢？」

「空閒。」

「噢，我們下班後有很多時間。」

「沒錯。但是有時間思考嗎？下班後能做什麼，開車時速飆至一百哩，開到除了眼前的危險其他什麼也想不了，不然就是玩某種遊戲，或坐在某個房間裡，無法反駁四面電視牆對你所說的一切。為什麼？電視是『即時』的，馬上就有回應，自有其重要性，但電視牆會告訴你該想什麼，一股腦兒塞給你，那肯定沒錯，感覺如此正當，它催促著你快快下定結論，那是他們要你這麼做的，你的心智根本沒時間抗議：『胡說八道！』」

「可是那些『家人』是人啊。」

「你說什麼？」

「我妻子說書本不是『真的』。」

「感謝老天，是這樣沒錯。你可以闔上書說：『等等。』你是主宰。但是，一旦你在電視起居室裡播下種子，有誰能夠掙脫那隻緊箍著你的爪子？爪子會把你養成任何它想要的樣子！那個環境就跟這個世界一樣真實，它成了現實，它就是現實。你可以用理論辯倒一本書，而我窮盡一身的知識和懷疑論，卻從來辯不倒一個百人組成的交響樂團、全彩畫質和立體影像，在那些漂亮的起居室裡成為房間的一部分。你也看見了，我的起居室裡只有四面水泥牆，而我這裡，」他拿出兩個小小的橡膠耳塞，「我搭地鐵噴射列車時都會塞進耳裡。」

「丹漢牌潔齒劑；他也不勞苦，也不紡線。」蒙塔格閉上眼睛說。「我們要怎麼做？書能派上用場嗎？」

「除非我們能得到第三樣必需品。第一樣，我說過了，是資訊的質量；第二樣：有空閒能消化資訊；然後，第三樣：我們從前面兩樣必需品的互動中所學到的，也要有權利能付諸行動。我想一個行將就木的老人家加上一個變節的打火員，到了這個地步也很難再做什麼了……」

「我可以拿到書。」

「你這是在冒險。」

「將死之人就是有這個好處，既然已經沒什麼好失去的，大可放手一搏。」

「是了，你說這話很有趣。」法柏笑著說，「你甚至沒讀過呢！」

「書裡有像這樣的句子嗎？但我只是腦中突然浮現這句話！」

「這樣更好，你不是故意說好聽話，不為了我、為了誰，甚至不為你自己。」

蒙塔格傾身向前，「今天下午我在想，若那些書真有什麼價值，我們或許應該找一台印刷機再多印幾本。」

「我們？」

「你和我。」

「喔，不行！」法柏坐直了身子。

「先聽聽我的計畫——」

「如果你非得告訴我，我就要請你離開了。」

「難道你一點興趣也沒有？」

「那可能會害我惹上麻煩被燒死。我或許可以聽你說，但唯一的可能是打火員制度被燒光殆盡，用什麼方法我不知道。如果你覺得我們可以多印一些書，想辦法把書藏進全國打火員的家裡，在這些縱火犯之間散播懷疑的種子，那我就會說，幹得好啊！」

「栽贓書本，開啟警報，讓打火員的家燒起來，你是這個意思嗎？」

法柏揚起眉毛瞅著蒙塔格，一副不認識他的樣子，「我在開玩笑。」

「倘若你覺得這個計畫值得一試，我就相信你說的，相信這會有幫助。」

「你無法保證那種事！畢竟，我們在還擁有一切我們需要的書本時，仍堅持從最高的懸崖往下跳。不過，我們確實需要喘息，也需要知識。或許，過了一千年，我們會找個矮一點的懸崖來跳。這些書會提醒我們，我們是怎樣的渾蛋和笨蛋，就像凱撒的禁衛軍在大街上、熱鬧的凱旋遊行中低語：『記住，凱撒，汝乃凡人之身。』我們大多數人都無法四處奔波、與眾人交談、認識世界上所有城市，我們沒有時間、金錢，也沒有那麼多朋友。蒙塔格，你所要尋找的東西就在這世界上，但是對一個普通人來說，要想見識其中的百分之九十九，唯一方法就在書本裡。不要求保證，也不要期待光靠一樣東西便能得救，或是仰賴某個人、一台機器、一座圖書館。自己想辦法救自己吧，縱使不幸溺斃，至少死的時候還知道自己正往岸邊游去。」

法柏站起來，開始在房裡踱步。

「怎麼樣？」蒙塔格問。

「你是絕對認真的？」

「絕對。」

「這個計畫十分狡猾，連我自己都這麼想。」法柏神色緊張地瞥向他臥室的房門。「讓國內的打火站成為叛國的溫床，燃燒、摧毀，令火蜥蜴自噬其尾！喝，天啊！」

「我有張清單，記錄了所有打火員的住處，只要有某種地下——」

「不能相信任何人，這是最棘手的。除了你和我，還有誰能放這把火？」

「難道沒有像你這樣的教授，或以前是作家、歷史學家、語言學家……？」

「要死的還是老的？」

「愈老愈好，不會有人注意到他們。你知道的有十幾個，承認吧！」

「噢，光是演員就有很多個，他們已經好幾年沒能演出皮藍德羅[4]、蕭伯納（George Bernard Shaw）或是莎士比亞的戲了，因為當中有太多對世界的精闢觀察。我們可以利用他們的怒氣。我們也可以利用那些歷史學家真誠的憤怒，他們四十年來都沒法寫一行字。沒錯，我們或許可以組織課程，教導思考和閱讀。」

「沒錯！」

「但那只是隔靴搔癢。整個文化被轟出一個大洞，骨架得整個熔掉，重新鑄造。老天啊，這可不像回頭拾起你半個世紀前放下一本書那麼簡單。記住，其實根本不需要打火員，大眾是自己停止閱讀的，你們這些打火員偶爾像馬戲團一樣表演，燒毀幾棟房子，大家便聚集過來看漂亮的火花，而這不過是餘興節目罷了，不這麼做也能維持社會秩序。現在幾乎沒人起身反抗了，即使有，大部分就像我一樣，很容易害怕。你跳舞能跳得比白小丑快嗎？喊得比『小撇步先生』、還有起居室裡的『家人』大聲嗎？果真如此，你的想法就能獲勝，蒙塔格。不管怎麼樣，你都是個傻瓜。人們玩得可開心了。」

「他們在自殺！還有殺人！」

在他們談話的同時，一架轟炸戰鬥機持續往東飛行，兩人此時才停下來豎耳傾聽，感覺那股強大的噴射引擎聲在體內振動。

4 皮藍德羅（Luigi Pirandello）是義大利劇作家。

「有點耐心，蒙塔格，讓戰爭關閉『家人』的聲音。我們的文明像是要把自己甩開一樣，都快支離破碎了，你得離那台離心機遠一點。」

「一旦那台機器爆炸，必須要有人準備好才行。」

「什麼？某人引用米爾頓（John Milton）的話嗎？說我還記得索福克勒斯（Sophocles）的戲劇？提醒存活下來的人，人類也有良善的一面，是嗎？他們只會收集石頭互相丟擲。蒙塔格，回家吧，好好睡一覺。何必浪費你最後的這段時日，在籠子裡跑來跑去，否認自己是隻松鼠呢？」

「那麼你一點都不在乎了嗎？」

「我在乎到都病了。」

「但你不肯幫我？」

「晚安，晚安。」

蒙塔格拿起《聖經》，他看到自己的手動了起來，一臉驚訝。

「你想要這個嗎？」

法柏說：「我願意拿右手來換。」

蒙塔格站在原地，等待下一件事情的發生。他的雙手自己動了起來，像是兩個人互助合作，開始撕下那本書的書頁，那雙手撕掉了扉頁，然後是第一頁，接著第二頁。

「笨蛋，你在做什麼！」法柏躍起身來，猶如被人襲擊般撲向蒙塔格。蒙塔格將他推開，雙手繼續動作。又有六張書頁掉到地上，他撿起來，在法柏面前將紙張揉成一團。

「不要，噢，不要！」老人懇求道。

「誰能阻止我？我是打火員，我可以燒了你！」

老人站立看著他，「你不會的。」

「我可以！」

「那本書，不要再撕了。」法柏的身子往下沉進椅子裡，臉色極為蒼白，嘴脣發顫。「不要讓我覺得更無力，你想怎麼樣？」

「我要你教我。」

「好吧，好吧。」

蒙塔格把書放下，攤開揉皺了的紙團、鋪平，而老人疲累地望著。

法柏搖搖頭，仿若大夢初醒。

「蒙塔格，你有錢嗎？」

「有一點，四、五百塊吧。怎麼了？」

「把錢帶來。我知道有個人，半世紀前在大學裡負責校園報紙印刷。那一年，我在新學期第一天去上課，發現只有一名學生選修『戲劇選讀：從埃斯庫羅斯至歐尼爾』這門課。你懂嗎？如同一座美麗的冰雕在陽光下溶化。我記得報紙猶如巨大飛蛾般死去，沒人想要報紙回歸這世上，沒人想念。然後那時，政府發現這種情況多麼有利，只要讓人們讀些慷慨激昂的空話、感受胃部一記重擊，便利用那些吞火人助長情勢。所以，蒙塔格，有了這位失業的印刷師傅，或許我們可以開始印幾本書，等待戰爭破壞目前的常規，給予我們所需的動力。只要幾顆炸彈，所有房子裡牆上的那些『家人』就像只懂嬉鬧的鼠輩，都得閉嘴！在這片寂靜之中，我們在舞台上的低語便能傳播出去。」

他們站在那裡瞅著桌上的書。

「我一直想記下來，」蒙塔格說，「但該死的，我一轉頭就會忘記。天啊，我好想知道些什麼可以對隊長說。他讀的夠多，所以他知道一切的答案，似乎如此。他的聲音如同奶油般，我擔心他一勸，我又會走回老路。不過是一個星期前，我從煤油管中壓出煤油時，還心想：天啊，真好玩！」

老人點點頭，「凡無建設者則燒毀。自有歷史和未成年罪犯以來，便是如此。」

「原來我就是這樣。」

「我們每個人多少都有。」

蒙塔格往前門走去，「你有什麼方法可以幫我面對打火隊隊長嗎？今晚我需要一把傘避雨。我真的擔心死了，他要是再抓到我，我恐怕就會淹死。」

老人沒說話，但又緊張的瞥了他的臥房一眼。蒙塔格注意到他的眼神，「怎麼樣？」

老人深深吸了一口氣，屏住呼吸，然後才吐出來。他又重複了一次，閉上雙眼，緊抿著唇，最後終於吐氣。「蒙塔格……」

老人轉過身說：「來吧，原本我真的會就這樣讓你走出我家。我真是個膽小的老傻瓜。」

法柏打開房門，領蒙塔格走進一個小房間，裡頭有張桌子，上頭擺放許多金屬工具，還有一團精細的金屬絲線，有迷你的線圈、線軸和晶體。

「這是什麼？」蒙塔格問。

「這證明了我多麼膽小無比。我獨居了這麼多年，用想像力在牆上投射影像、研究電子學和無線電傳遞一直是我的嗜好。我是如此懦弱膽小，為了彌補生活在陰影之中的革命精神，我設計出了這個。」

他拿起一個小小的綠色金屬物，不比一顆點二二口徑的子彈大。

「我怎麼負擔得起這一切？當然是靠玩股票，對一名失業的危險知識分子來說，那是世上最後一處避難所。我玩股票，設計了這一切，然後等待著。我這半輩子一直等待著，顫抖著，期待有人對我說話。我不敢跟人說話。那天在公園裡，我們並肩而坐，我知道總有一天你或許會來找我，帶著火炬或友誼，我很難猜測。我把這小東西做好幾個月了，但我卻差點讓你離開，我就是那麼害怕！」

「看起來像是貝殼廣播器。」

「比那更厲害！這機器還能聽！若是你把它塞進耳裡，蒙塔格，我就能舒舒服服的坐在家裡，為我驚懼的老骨頭取暖，同時聆聽、分析打火員的世界，找出其弱點而不必冒險。我是女王蜂，安全的待在蜂巢裡；你則是發出嗡鳴、四處旅行的耳朵。最後，我可以在城裡各處放置耳朵，塞在不同人的耳裡，聽著、評估著。即使那陣嗡鳴死去，我仍安全待在家裡，安撫著自己的恐懼，舒服得不得了，而不必犯一點險。看到我打的牌有多安全，我有多卑劣了嗎？」

蒙塔格把那顆綠色子彈塞進耳裡。老人在耳裡也塞了類似的東西，然後動了動嘴脣。

「蒙塔格！」

那聲音就在蒙塔格的腦中。

「我聽見你了！」

老人笑了，「你的聲音也清楚傳來了！」法柏的聲音很輕，但蒙塔格腦中的聲音卻很清晰。「時間到了就到打火站去，我會與你同在。我們一起聽聽畢提隊長說什麼，也許他是自己人，誰曉得呢。我會告訴你該說什麼，我們好好表演給他看。你會因為我用電子儀器掩飾自己的懦弱而討厭我嗎？我讓你在夜晚出門，自己卻躲在線後，用該死的耳朵聽著你，害你人頭落地。」

「我們都在做自己該做的事。」蒙塔格說，他把《聖經》交到老人手裡，「拿著，我會冒個險，交出另一本來代替。明天——」

「我會去見失業的印刷師傅，沒錯，至少我能做到這件事。」

「教授晚安。」

「用不著說晚安，我整晚都會與你同在。如果你需要我，我就像繞著醋打轉的蠅蚋搔著你的耳朵。不過，還是跟你道聲晚安，祝你好運。」

門打開了又關上，蒙塔格再度走上黑暗的街道，看著這個世界。

那天晚上，你可以感覺到戰爭在空中準備妥當，雲朵移到一旁又回來，還有星辰的樣子，百萬顆星在雲端泅泳，如同敵方的圓陣，還可以感覺到天空或許會墜入城市裡，化為白堊粉塵，月亮在紅紅火焰中燃燒。那晚給人的感覺就是如此。

蒙塔格走離地鐵站，口袋裡裝著錢（他剛才去了每晚徹夜開放的銀行，有機器出納員接待），他邊走，邊聽著一耳裡的貝殼廣播器……「我們已經動員了一百萬人，一旦開戰，我們將快速贏得勝利……」很快地，音樂蓋過了那個聲音，聲音便消失了。

「其實是動員了一千萬人。」法柏的聲音在另一耳中悄聲說道，「但只說一百萬人，聽起來比較開心。」

「法柏？」

「怎麼了？」

「我沒在思考。我只是照著你告訴我的去做，我一直都是如此。你叫我去領錢，我就領了，我不是真的自己這麼想。我何時可以開始照自己的意思做事？」

「你已經開始了，你剛剛說的話就是了。你只能相信我。」

「我也相信其他人！」

「沒錯，看看我們要往哪裡去。你這一陣子必須蒙著眼睛行事，搭著我的手。」

「我不希望投誠到另一邊，卻只是接受指令做事。倘若如此，我根本沒必要換邊。」

「你已經學聰明了！」

蒙塔格感覺自己的腳踏上了返家的人行道。「繼續說。」

「你想要我念書給你聽嗎？我念出來，這樣你就能記得了。我每晚只睡五個小時，沒什麼事可做。所以，如果你想要的話，我晚上可以念書哄你入眠。有人說即使在睡夢中，還是能獲取知識，只要有人低聲念給你聽。」

「好。」

「來。」這晚，從城鎮遙遠的另一頭，傳來翻動書頁的微弱聲響，「約伯記。」

蒙塔格走著，月亮升到空中，他的嘴唇微微掀動。

晚上九點，他正吃著簡便的晚餐，前門的應門器對著客廳喊叫，蜜卓便從起居室衝了出來，如同居民要逃離維蘇埃火山爆發一般。費爾普斯太太和鮑勒斯太太從前門走了進來，消失在火山口中，手裡還拿著馬丁尼調酒。蒙塔格停止用餐；她們就像一座大型的水晶吊燈，叮叮噹噹敲出上千聲響，他看見她們臉上那柴郡貓[5]的笑容烙印在

5《愛麗絲夢遊仙境》中的那隻裂嘴貓。

房子各面牆上，現在她們在一片嘈雜聲中相互尖聲喊著。

蒙塔格發現自己站在起居室門口，嘴裡還含著食物。

「大家看起來都好漂亮！」

「漂亮。」

「小蜜，妳的氣色真棒。」

「真棒。」

「大家都美呆了。」

「美呆了！」

蒙塔格站在原地看著她們。

「要有耐心。」法柏低聲說道。

「我不該在這裡。」蒙塔格悄聲說，幾乎是在對自己說話，「我應該帶著錢回去找你！」

「明天過來也不遲，小心！」

「這節目是不是很讚？」蜜卓喊道。

「很讚！」

一面牆上，有個女人微笑著，同時喝下一杯柳橙汁。蒙塔格心想，她怎麼有辦法同時做到？他覺得自己快瘋了。另一面牆上則顯示同一個女人的X光影像，以濃縮片段展示那杯冰涼飲料是如何到達她可人的胃！突然間，整座房間又隨著火箭發射起飛，進入雲端，然後衝進一片萊姆綠的海洋中，裡頭藍色的魚吃掉了紅黃相間的魚。一分鐘之後，三個白色卡通小丑切斷了彼此的手腳，伴隨著一陣又一陣驚人的哄堂笑聲。兩分鐘過去，整座房間又咻地飛到鎮外，看噴射車不停的在競技場中瘋狂繞圈子，不停相互碰撞、倒車，再碰撞。蒙塔格看見有好幾個人飛到空中。

「小蜜，妳看到那個了嗎？」

「我看到了，看到了！」

蒙塔格把手伸向起居室的牆上關掉主開關。影像消失了，彷彿從一個巨大的水晶碗中把水放掉，留下歇斯底里的魚。

三個女人慢慢轉身，臉上帶著對蒙塔格毫無掩飾的惱怒和隨之而來的厭惡。

「妳們覺得戰爭什麼時候會開始？」他問道，「我注意到妳們的丈夫今晚不在。」

「噢，他們總是來了又走、來了又走。又去了芬尼根，又離開了。昨天軍隊把彼得找去，但他下星期就會回來，軍隊是這麼說的。快速戰。他們說只要四十八小時，大家就能回家了。軍隊是這麼說的。快速戰。彼得昨天被找去，他們說下星期他就會回來。快速……」費爾普斯太太說。

三個女人不安的躁動著，緊張得瞅著泥土色般的空牆。

「我不會擔心。我都是讓彼得去擔心，」費爾普斯太太咯咯笑著，「我讓彼得去擔心就好，我不用，我不會擔心。」

「死的總是別人的丈夫，他們說的。」

「我也聽說過。我認識的人當中沒有哪個是死於戰爭的。我知道有人跳樓死了，就像葛洛莉亞的丈夫上星期那樣，但死於戰爭的沒有。」

「沒有死於戰爭的。」費爾普斯太太說道，「總之，彼得和我也總是說，不用哭，不用做那種事。這已經是我們各自第三次結婚了，我們很獨立，要獨立過活，我們都是這樣說的。他說，如果我死了，妳就繼續過活，不用哭，就再結一次婚，別想著我。」

蜜卓說，「我想到了，妳們昨晚有看克萊拉．德芙的五分鐘戀愛嗎？噢，是說這個女人，她啊——」

蒙塔格不發一語，只是立在原地注視著那些女人的臉。他想起自己小時候曾去過一間奇怪的教堂，望著聖人的臉龐，那些搪瓷人像的面孔對他來說毫無意義，雖然他已經站在那裡對著它們說話好長一段時間，希望能融入這個宗教，努力想了解這個宗教，祈望能將純粹燃燒的香和這裡特殊的塵埃吸入肺中、進入他的血液裡，這樣他就能了解這些彩色男女人像的瓷眼睛和珠寶紅唇所代表的含義，便能受到觸動、感到關愛。但是那裡一無所有，一無所有，不過是逛進了另一間店，而他拿著陌生的貨幣也毫無用處，即使碰觸那些木頭、水泥和陶土，他的熱情依然冷卻。現在也是如此，在他自家的起居室裡，那些女人坐在椅子上感受到他的瞪視而扭動著，她們點燃香菸、呼出煙霧，或摸摸金黃的頭髮，看看自己鮮豔的指甲，彷彿他的瞪視讓人著了火。她們的臉因沉默而變得陰鬱，聽見蒙塔格吞下最後一口食物後，她們傾身向前，聽著他狂熱的呼吸聲。那三面空牆如今像是沉睡巨人蒼白的眉毛，巨人沒有做夢。蒙塔格覺得，如果去觸摸這三條瞪視著你的眉毛，指尖會感到一股鹹鹹的汗水，發汗也愈來愈明顯。隨著房內的靜默，三個女人被緊張燒得緊繃、冒出一陣不可聞的顫動聲，圍繞在她們周身。她們隨時會發出長長的嘶聲，然後爆炸。

蒙塔格掀動嘴唇。

「我們聊聊吧。」

女人們轉過頭來瞪著他。

「費爾普斯太太，妳的孩子還好嗎？」他問。

「你知道我沒有小孩！老天，哪個正常人會想要孩子！」費爾普斯太太回道，她自己也不太清楚為什麼要對這個男人發脾氣。

「我可不這樣認為。我就有兩個，都是剖腹生的。沒必要為了生孩子忍受那麼多痛苦。這個世界總還是需要有人生育，你知道的，種族才能延續。再說，他們有時候看起來就像自己，這感覺還不錯。兩次剖腹產手術就可以了，沒錯，先生。噢，我的醫生說其實不需要剖腹產手術，我的屁股可以生，一切正常，但我還是堅持。」鮑勒斯太太說道。

「不管是不是剖腹生的，小孩只會搞破壞，妳是瘋了吧。」費爾普斯太太說。

「十天裡有九天我都把孩子丟在學校，我只要忍受他們一個月回來的那三天，不是那麼糟糕。妳把他們扔在『起居室』裡，打開開關，像洗衣服一樣，把衣服丟進去蓋上蓋子。」鮑勒斯太太竊笑說，「他們很快就把踢我當成在親我，感謝老天，我還可以踢回去！」

女人們亮出舌頭大笑。

蜜卓坐了一會兒，看到蒙塔格還杵在門口，便拍起手說：「我們來聊政治吧，這樣蓋伊就開心了！」

「聽起來不錯。」鮑勒斯太太說，「上次選舉我有投票，和大家一樣，我投給了諾伯總統。我想他是歷屆總統當中最帥的。」

「噢，可是他那個對手呢！」

「他不怎麼樣，對吧？有點矮，又很普通，鬍子沒刮乾淨，頭髮也不梳整齊。」

「『外黨』是發了什麼瘋才推他出來？不會有人支持這樣一個小矮子，而不喜歡高大的男人。再說——他講話不清不楚的，有一半時間我聽不見他說什麼，就算有也聽不懂！」

「他還很胖呢，也不懂得穿衣服遮掩。難怪選舉結果一面倒支持溫斯頓．諾伯。從名字來看也很清楚，拿溫斯頓．諾伯跟休勃．猴格來比個十秒，你幾乎就能猜到結果了。」

「該死的！」蒙塔格大叫，「妳們對猴格跟諾伯又知道什麼了！」

「什麼啊，他們都出現在起居室牆上啊，還不到半年前的事呢。有一個老是在挖鼻孔，我都快瘋了。」

「嗯，蒙塔格先生，你想要我們投票給那種人嗎？」費爾普斯太太說。

蜜卓笑著說：「蓋伊，你就離門口遠一點吧，別搞得我們這麼緊張。」

但是蒙塔格離開一會兒之後又回來了，手裡拿著一本書。

「蓋伊！」

「去死吧，去死吧，該死的！」

「你拿的是什麼？那不是書嗎？我還以為現在的特別訓練都用影片了。」費爾普斯太太眨眨眼，「你在讀打火員理論嗎？」

「理論，見鬼了。」蒙塔格說，「這是詩集。」

「蒙塔格。」一道聲音低語著。

「不要管我！」蒙塔格覺得自己刮起了一股巨大的漩渦，裡頭吼聲隆隆、嗡嗡聲低鳴。

「蒙塔格，忍住，不要……」

「你有沒有聽到？你有沒有聽到這些禽獸談論著禽獸？天啊，她們閒聊似的議論別人，談著自己的孩子還有她們自己，她們談著自己丈夫的模樣，還有她們談論戰爭的樣子，該死，我就站在這裡，而我不敢相信！」

「我可沒有談什麼戰爭，一個字也沒有。你搞清楚。」費爾普斯太太說。

「至於詩集，我討厭那東西。」鮑勒斯太太說。

「妳有讀過嗎？」

「蒙塔格，」法柏的聲音不停刮著他的耳膜，「你會毀了一切，閉嘴，你這個笨蛋！」

三個女人都站了起來。

「坐下！」

她們乖乖坐了。

「我要回家了。」鮑勒斯太太怯懦的說道。

「蒙塔格，蒙塔格，拜託，看在老天份上，你到底想做什麼？」法柏苦求著。

「不如從你那本小書裡念首詩給我們聽吧。我想一定很有趣。」費爾普斯太太說。

「這樣不對，」鮑勒斯太太嗚咽起來，「我們不可以這樣！」

「噢，看看蒙塔格先生的樣子，他想要這麼做。我知道他想。如果我們好好聽，蒙塔格先生就開心了，然後或許我們可以繼續做其他事情。」她緊張得看著四周牆面上長長的空白。

「蒙塔格，你若是這麼做，我就切斷線，遠走高飛。」甲蟲在他耳裡猛刺，「這樣有什麼好處，你能證明什麼？」

「能把她們嚇死，這樣正好，把她們嚇得連白天都不敢出門！」

蜜卓看著虛無的空氣，「好了，蓋伊，你到底在跟誰說話？」

一根銀針戳刺著他的腦袋，「蒙塔格，聽著，只有一個辦法，當作你在開玩笑、掩飾一下，假裝你一點都不生氣。然後走到壁爐前，把書丟進去。」

蜜卓已經想到這個方法，她顫抖著說：「太太們，每年總有一次，打火員可以帶一本舊時代的書回家，讓他的家人看看這些東西有多愚蠢，有多讓人不安與瘋狂。今晚的小驚喜就是蓋伊要念一段例子給妳們聽，妳們便曉得那有多亂七八糟，沒人想讓那種垃圾來打擾我們的小腦袋。對不對啊，親愛的？」

他握起拳頭捏緊那本書。

「說『對』。」

他的唇跟著法柏的動。

「對。」

蜜卓笑著把書接過去，「這裡！念這一段。不，我收回，你今天念了一段真的很好笑。太太們，妳們連一個字也聽不懂的，聽起來像嘰哩呱啦嘰哩呱啦。念吧，蓋伊，那一頁啊，親愛的。」

他看著翻開的那一頁。

一隻蒼蠅輕輕在他耳裡拍拍翅膀，「念吧。」

「標題叫什麼，親愛的？」

「多佛海灘。」他的嘴脣麻木了。

「現在，溫柔清楚的念出來，慢慢念。」

房間裡熱得灼人，他全身像著火似的，同時又覺得發冷。她們坐在一片空蕩蕩的沙漠中央，坐在三把椅子上，而他站著、搖晃著身體。他等費爾普斯太太整理好自己的裙邊，等鮑勒斯太太的手指離開她的頭髮。然後他開始念了，聲音低沉、結結巴巴的，但他一行接著一行念，聲音逐漸穩定下來，飄過了沙漠、飄進一片白中，圍繞著那三個坐在一大片廣大虛無中的女人。

信念之海

昔時也曾完整包圍著土地的岸邊

如同一捲漂亮的腰帶堆疊。

但此時我只聽見

那憂鬱而逐漸退卻的長吼，

退去了，迎著夜風的

氣息，沿著這世界的屋簷而下，
廣闊的邊際，既哀傷又赤裸，

三個女人底下的椅子發出咯吱聲。
蒙塔格把詩念完：

啊，愛啊，對彼此
坦誠吧！因這世上，看似
如夢境之地在你我面前展開，
如此多變、如此美麗、如此新鮮，
但其實卻無歡愉、無愛、無光，
也無實、無和平、無助於撫平創傷；
而我們身在此地，有如在一片黯淡的平原上，
浸淫在混亂的警告聲中，不知該掙扎或逃離，
直到自大的軍隊在夜晚來襲。

費爾普斯太太在哭。

其他坐在沙漠中央的人看著她哭泣，她的哭聲變得很大，臉也皺得不成樣了。她們只是坐著，沒有碰觸她，並對她的反應感到驚訝。她無法控制自己的啜泣著，蒙塔格自己也很震驚，有些驚嚇。

蜜卓說，「噓，噓，沒事了，克萊拉，好了，克萊拉，別哭了！克萊拉，怎麼回事？」

「我——我，」費爾普斯太太啜泣著，「不知道，不知道，我真的不知道，噢，噢……」

鮑勒斯太太起身瞪著蒙塔格：「你看到了嗎？我就知道，這就是我想證明的！我就知道會發生這種事！我總是說，詩和眼淚、詩和自殺和哭泣，還有糟糕的感覺，詩和病痛，這所有灑狗血的東西！現在我的理論得到了證實。你真過分，蒙塔格先生，很過分！」

法柏說：「現在……」

蒙塔格發現自己轉過身，走到牆洞之前，把書丟進那個黃銅凹槽裡，餵給等候多時的火焰。

「蠢話連篇，蠢話連篇，愚蠢、糟糕又傷人的文字。為什麼人要去傷害別人？好像這世界的傷痛還不夠多，你非得用那種東西來欺負人！」鮑勒斯太太說。

「克萊拉，好了，克萊拉，」蜜卓懇求著，拉拉她的手臂，「好了，開心點，妳現在把『家人』打開，去啊。我們一起大笑，就會開心起來，好了，別哭了，我們來辦派對吧！」

「我可不想，」鮑勒斯太太說，「我要回家了。妳若想來我家，看我的『家人』，很好也很歡迎，但我這輩子再也不會踏進這個瘋子打火員的家了！」

「回家啊。」蒙塔格靜靜地將視線鎖在她身上，「回家，想想跟妳離婚的第一任丈夫，想想死於轟炸機的第二任丈夫，還有開槍轟了自己腦袋的第三任丈夫；回家想想妳那十幾次墮胎手術、該死的剖腹產手術，還有恨妳入骨的孩子！回家想想這一切是怎麼回事，妳又如何阻止了？回家，回家啊！」他吼道，「不然我就要揍倒妳，把妳踢出我家大門了！」

大門砰地甩上，房子空了。蒙塔格獨自站在冬日的天氣裡，門廊的牆上染了污雪的顏色。

浴室裡傳來流水聲，他聽見蜜卓搖出幾顆安眠藥到手上。

「蠢啊，蒙塔格，蠢，蠢，噢天啊，你這愚蠢的笨蛋……」

「閉嘴！」他把綠色子彈從耳朵裡拿出來，塞進口袋裡。

機器依然微微嗡鳴著：「……蠢……蠢……」

他在房子裡搜索，找到蜜卓把書藏在冰箱後頭。有幾本不見了，他知道她自己開始慢慢解除屋裡的炸藥，一根接著一根。但他現在並不生氣，只覺得疲倦，也對自己感到驚訝。他把書拿到後院，藏在靠近巷道籬笆的草叢裡。只有今晚，他心想，以免她又決定要多燒幾本。

他回到屋子裡，「蜜卓？」他在黑暗的臥室門口喊道，一片靜默。

他踏過草坪，走在上班方向的路上。他努力不去注意克萊莉絲．麥可勒蘭的家是如何全然黑暗而空蕩……

走在往市區的途中，他獨自一人面對他可怕的失誤，此時他覺得自己必須擁有那種奇怪的溫暖和善意，在這夜裡用熟悉而溫柔的聲音對他說話。只過了短短幾個小時，他已經覺得自己認識了法柏一輩子。現在，他知道自己是兩個人，其中一個主要的還是他，他是一無所知的蒙塔格，甚至不知道自己是個笨蛋，只是心存懷疑。他知道自己也是那個老人，老人對他說話，在列車、在夜晚城市中的一頭被吸到另一頭，即使那有如吸氣的動作如此漫長而令人厭惡，老人仍對他說話。而接下來的幾天，在沒有月光的夜晚，或是非常明亮的月亮照耀著地球的夜晚，老人都會繼續這樣說話，一點一滴、積沙成石、一片片累積。最後，他腦袋裡的東西終將滿溢，他就不再是蒙塔格了，這是老人告訴他的，向他保證過、答應過。他會變成蒙塔格加上法柏，火加上水，然後總有一天，一切混合均勻、慢慢熟成、在靜默中完成，便不再是火或是水，而是美酒。從兩個毫不相干且完全對立的物體之中，誕生出第三種。即使是現在，他已經能感覺到一段漫長旅程的開端，已然啟程，他即將遠離過去那個自我。

聽著甲蟲低吟的感覺很好，老人細膩又脆弱的悄悄話如同令人昏昏欲睡的蚊鳴，一開始在責備他，接著到了深夜時分，又轉為安慰他。此時他從冒著蒸氣的地鐵站中走出來，迎向打火站的世界。

「可惜啊，蒙塔格，真可惜。別跟他們爭辯，也別去糾纏，你自己最近太在意他們了。他們充滿自信，認為可以永遠持續下去，但他們撐不久的。他們不知道這一切就像一顆熊熊燃燒的巨大隕石，在太空中綻放美麗的火焰，但總有一天隕石會撞擊地球。他們只看見火光，美麗的火，你也看過的。

「蒙塔格，我這個留在家裡的老人害怕著，而要照顧自己這把像花生糖一掰就碎的老骨頭，實在無權批評什麼。但你差點在計畫剛開始就毀了一切。小心！我與你同在，記住這點。我知道這是怎麼回事，我得承認你無端的怒火鼓舞了我，天啊，我覺得自己好年輕！可是現在，我只希望你覺得自己老了。今晚，我希望自己的懦弱能有些許滲入你的體內。接下來幾個小時，等你見到畢提隊長時，在他身邊務必謹慎，讓我幫你聽聽他說什麼，讓我衡量眼前的狀況。生存是我們的門票，忘了那些可憐愚蠢的女人吧……」

「我想，她們已經有好幾年沒像這樣，讓我惹得不開心了。看見費爾普斯太太哭了，我很驚訝。也許他們是對的，最好不要有感覺，只要跑來跑去、找樂子就好。我不知道，我覺得很內疚——」蒙塔格說。

「不，不可以。倘若沒有戰爭，要是這世上還有和平，我會說算了，盡量玩吧！但是，蒙塔格，你絕不能回頭當打火員，這世上的一切並不平靜！」

蒙塔格冒出了汗。

「蒙塔格，你在聽嗎？」

蒙塔格說：「我的腳……不能動了。我覺得自己好蠢，我的腳不能動了！」

「聽著，放輕鬆。」老人溫柔說道，「我知道，我明瞭你擔心會犯錯。不用怕，錯誤中也是有好處的。天啊，我年輕時總是大喇喇地在別人面前顯露無知，他們就用棍棒打我；等到我四十歲，才磨亮了駑鈍的腦袋，成為犀利的刀鋒，為我所用。倘若你藏起自己的無知，沒人打擊你，你就永遠學不會了。現在，踏步走出去，帶著我進入打火站吧！我們是雙生子，再也不孤單了，我們不會被隔離在各自的起居室裡，沒有聯繫。若畢提追問你，而你需要幫助，我就坐在你的耳膜裡做筆記呢！」

蒙塔格感覺到右腳動了，接著是左腳。

「老朋友，陪著我。」他說。

機器獵犬不在，狗屋是空的，整座打火站的灰泥建築安靜佇立著，橘紅色的火蜥蜴正在沉睡，它肚裡裝著煤油，噴火嘴就斜倚在脅腹上。蒙塔格走進這一片寧靜之中，握住黃銅杆往上溜進黑暗的空間裡，他回頭望向空蕩蕩的狗屋，心怦怦跳著，停止，又跳動起來。而法柏暫時像隻灰蛾睡在他耳裡。

畢提就站在出勤洞旁等候，但背對著他，彷彿沒在等人。

畢提對玩牌的人說：「嗯，來了一頭非常奇怪的野獸，不管用什麼語言都稱之為傻瓜。」

他朝一邊伸出手，手掌朝上等著收禮。蒙塔格把書交到他手上，畢提甚至沒看那本書叫什麼便扔進垃圾桶裡，然後點燃一根菸。「『知之微者，上愚者也。』[6]歡迎回來，蒙塔格。既然你已經退燒，病也好了，希望你能留下來陪我們。坐下來打一局牌嗎？」

他們坐下來，牌發好了。蒙塔格在畢提的注視下，覺得自己雙手的罪惡感愈發明顯。他的手指像是做了什麼邪惡勾當的雪貂，一直靜不下來，老是扭來扭去，一下藏進口袋裡，一下又伸出來，在畢提如酒精火焰般的瞪視下動來動去。倘若畢提朝蒙塔格的手指吹口氣，蒙塔格覺得他的手恐怕就會枯萎，翻轉到一邊去，再也無法驚醒過來，而這些手指終其一生都會被埋葬在他外套的袖子裡，遭人遺忘。因為是這雙手自己動起來的，和他無關，這是良心第一次有了動作，拿走書本，帶著《約伯記》、《路得記》，還有莎士比亞逃走；現在，在打火站裡，這雙手似乎戴上了血做的手套。」

半小時內，蒙塔格就起身兩次，離開牌桌，到廁所去洗手。等他回來時，又把手藏在桌底下。

畢提笑著說：「讓我們看到你的手，蒙塔格。不是我們不相信你，你知道的，只是——」

他們都笑了。

畢提說：「嗯，危機解除，皆大歡喜，羊兒又回到圍欄裡了。我們都是偶爾迷途的

6 出自英國詩人約翰．多恩（John Donne）的詩作〈三重愚人〉（*The Triple Fool*）。

羊。然而事實就是事實，等算完這筆帳，我們都哭了。他們只要懷抱著崇高的意念就絕不孤獨，我們對著自己喊：『甜美吐露的知識乃甘甜美饌。』菲力普．西德尼爵士（Sir Philip Sidney）如是說；但另一方面，亞歷山大．波普（Alexander Pope）也說：『文字如同枝葉，其極茂盛之處，真理果實多難得。』蒙塔格，你覺得如何？」

「我不知道。」

「小心。」法柏低聲說道，他像是活在遠方的另一個世界。

「或是這句？『習得皮毛乃危險之舉。臨謬思女神靈感之泉，仰頭暢飲，否則滴水不沾。淺嚐其泉毒害大腦，痛飲則令吾輩清醒。』也是波普寫的，同一篇文章。你怎麼想？」

蒙塔格咬著脣。

「我來告訴你，」畢提看著他的牌，微笑說，「那會讓你暫時變成酒鬼。你讀個幾行，便從懸崖邊跳下去了，砰，你準備好要引爆世界，砍幾顆頭，打倒婦孺，摧毀權威。我知道，我都經歷過。」

「我沒事。」蒙塔格緊張地說。

「用不著臉紅。我不是故意挑釁，真的，我沒有。你知道嗎，一小時前我做了個夢，我躺下來小睡片刻，夢裡的你和我，蒙塔格，我們針對書本展開了激烈的辯論。你憤怒起身俯視著我，對我吼出書中的引言，我則是冷靜閃避每一次攻擊。『力量。』我說，而你引用山謬·約翰遜博士的話：『知識不只與力量相當！』[7]然後我說：『不過，親愛的孩子，約翰遜博士也說：「他非智者，能捨篤定換未定。」』蒙塔格，留在打火隊裡吧，其他一切都是無趣的混亂！」

「別聽他的。」法柏悄聲說，「他想攪亂你的思緒，他很狡猾，注意點！」

畢提咯咯笑著：「然後你又引了書裡的話：『真相終將大白，謀殺之罪必難久藏！』[8]我則幽了你一默，喊道：『噢天啊，他只會談論自己的馬！』[9]還有『魔鬼為了達到目的也會引用《聖經》。』[10]然後你又喊：『比起位列智者的襤褸聖人，這個時代對鍍金的

6 出自英國詩人約翰·多恩（John Donne）的詩作〈三重愚人〉（*The Triple Fool*）。
7 出自山謬·約翰遜的著作《阿比西尼亞王子瑞賽拉》（*The History of Rasselas, Prince of Abissinia*）。
8 出自莎士比亞的《威尼斯商人》。
9 同樣出自《威尼斯商人》，畢提引用此句，意指蒙塔格所在意的事情根本無關緊要。
10 同樣出自《威尼斯商人》。

傻瓜評價更高。』[11]我則溫柔的低聲回應：『過多抗議消弭了真相之可貴。』[12]你吼道：『一見兇手，屍體便流血！』[13]我拍拍你的手說：『哎呀，我害你得了戰壕口腔牙齦炎嗎？』而你又高聲吶喊：『知識就是力量！』還有『站在巨人肩上的矮人看得比兩者都遠！』我便保持著罕見的沉著，為我的立場下了結論：『這是愚蠢的錯誤，竟將譬喻做為證據，從真理之泉中奔流出的滔滔廢言，我們每人心中生來就有一個如神諭的存在，瓦勒里先生曾這麼說過。』」

蒙塔格的腦袋天旋地轉，好像快要吐了，他覺得自己遭受到無情的攻擊，額眉、眼睛、鼻子、下巴、肩膀，還有往上揮動的手臂無一倖免，他想要大叫：「不！閉嘴，你把事情搞得好亂，不要！」而畢提氣定神閒，伸手攫住他的手腕。

「天啊，這脈搏是怎麼回事！我讓你激動起來了，是吧，蒙塔格？老天，你的脈搏聽起來有如戰後第一天，除了警報聲和鐘聲，其他聲響一應俱全。還要我繼續說嗎？我喜歡你慌張的樣子。斯瓦希里語、印度語、英國文學都難不倒我，這也是一種絕妙的愚蠢演講，小威[14]寫的！」

「蒙塔格，忍住！」那隻蛾輕輕掃過蒙塔格的耳朵，「他在攪混清水！」

「噢，你嚇傻了吧，」畢提說，「因為我做的事情很可怕，我用你最倚賴的書本反擊你的每個動作、每個論點！書是多麼可怕的叛徒啊！你以為它們能做你的後盾，結果卻背叛了你。其他人也可以利用它們，而你卻陷在泥沼中央，在一大堆名詞、動詞和形容詞中打滾。在我那個夢境的最後，我帶著火蜥蜴迎向你說：『跟我一起走嗎？』你上了車，我們一起回到打火站，氣氛一片安詳寧靜，一切漸漸消融成和平。」畢提放開了蒙塔格的手腕，讓那隻手頹然癱在桌上，「到最後一切皆大歡喜[15]。」

沉默。蒙塔格猶如一塊雕刻出來的白色石頭般坐著，最後在他頭顱上敲的那一記，在他腦中引起回聲，如今在黑色窟窿中漸漸淡去，法柏在那裡等待回音消散。然後，當驚擾揚起的塵埃在蒙塔格心中落定，法柏輕聲開口說：「好吧，他想說的說完了，你得聽進去，而接下來幾個小時，我會說我想說的，你也要聽進去。你得試著判斷兩者，自己決定要往哪一邊跳，或掉下去。但我希望那是你的決定，不是我的，也不是隊長的。切記，隊長是真理與自由最危險的敵人，他是主流勢力餵養下意志堅定而不可動

11 出自英國劇作家湯瑪斯．戴克（Thomas Dekker）的戲劇《老好運達》（*Old Fortunatus*）。
12 出自英國劇作家班．瓊森（Ben Jonson）的戲劇《凱特蘭之陰謀》（*Catiline His Conspiracy*）。
13 出自英國學者羅伯特．伯頓（Robert Burton）的《憂鬱的解剖》（*The Anatomy of Melancholy*）。
14 指的是威廉．莎士比亞，此句話出自《暴風雨》。
15 出自莎士比亞的劇作《皆大歡喜》。

搖的牲口。噢，天啊，主流勢力是多麼可怕的專制政權。我們各彈各的曲調，而現在由你決定，自己要聽從哪一耳的聲音。」

正當蒙塔格張開嘴要回答法柏，打火站的鐘聲響起，其他人的動作挽救了這個錯誤。天花板迴盪著警報聲響，發出警報的報案電話接收資料後，打字機便敲擊出地址，答答聲從房間的另一頭傳來。畢提隊長粉紅色的手還捏著撲克牌，他以誇張的慢動作走到電話旁，待報案資料傳送完畢後，撕下來隨意瞥了一眼，便把地址塞進口袋裡。他回來坐下，其他人都看著他。

「這個案子可以等四十秒整，讓我先贏光你們的錢。」畢提愉悅地說。

蒙塔格放下他的牌。

「累啦，蒙塔格？不玩了嗎？」

「對。」

「嗯，現在想想，我們可以等會兒再結束這一局。把你們的牌蓋在桌上，快去拿裝備，快快快。」然後畢提站了起來，「蒙塔格，你沒事吧？我實在很不希望看到你又發燒倒下去……」

「我沒事。」

「你會沒事的。這件案子很特殊，來吧，快準備！」

他們往空中一躍，抓住黃銅杆，彷彿底下有波大浪來襲，而那根杆子是有利於逃生的最後機會，結果讓他們驚慌的是，那根黃銅杆竟將他們向下送進黑暗裡，迎向那條吼叫不止的氣態巨龍，只見巨龍掀起一陣旋風，咳了一下又猛然吸氣。

「嘿！」

他們風馳電掣地拐過一個街角，警報聲大作、輪胎一陣震盪、橡膠發出尖叫聲，閃閃發光的黃銅油缸裡裝滿的煤油晃盪著，如同巨人肚子裡的食物。蒙塔格的手指被震得彈離銀色扶手，在冰冷的空間中揮舞著，風把他的頭髮往後腦勺猛拔，吹過牙齒時還發出口哨般的聲響。而這一路上，他都在想今晚發生的事，那幾個在他家起居室裡談笑嬉鬧的女人。一陣霓虹的風吹過，在她們底下的果仁便爆裂開來，還有他對著她們朗讀，愚蠢又該死的朗讀，簡直就像拿水槍滅火，毫無意義也毫無理性。一波接一波的怒氣朝他襲來，一陣怒火取代了另一陣，如此滿溢憤怒的感覺何時才能停止？何時才能讓他平靜下來，真正全然的平靜？

「出發了！」

蒙塔格抬起眼，出任務時畢提從不開車，但今晚卻由他駕駛，他將火蜥蜴猛地拐過街角，在高高的駕駛王座上傾身向前。他身上那件寬大的黑色防水衣飛在他身後，猶如一隻巨大蝙蝠盤據引擎上方，掠過那幾個黃銅數字，迎風向前。

「我們出發讓這個世界變快樂吧，蒙塔格！」

畢提的雙頰彷彿散發出粉紅色磷光，在這極度黑暗中閃耀著，而他的笑容十分猙獰。

「我們到了！」

火蜥蜴猛然停止，車上的人被甩得東倒西歪，腳步踉蹌。蒙塔格站在那裡，注視著緊握的手指下，冰冷明亮的扶手。

我做不到，他思忖著，我怎能接受這項新任務，怎能再繼續燒東西？我不能進去那裡。

畢提帶著一身風塵僕僕的氣息，過來拉拉蒙塔格的手肘，「好了，蒙塔格。」

眾人穿著笨重的靴子如跛腳似的奔跑，卻又安靜得有如蜘蛛。

最後，蒙塔格抬起眼來轉頭。

畢提看著他的臉。

「有什麼事嗎，蒙塔格？」

「怎麼會，」蒙塔格緩緩說道，「我們停在我家門前。」

# THREE

# Burning Bright

三

烈焰

燈亮了，整條街上的門都打開了，人們等待一場嘉年華即將展開。蒙塔格和畢提瞪著眼前的房子，一個面帶隱隱的滿足感，一個則是不敢置信。在這主場館裡，將有人拋擲火炬，讓大火吞噬這裡。

「好了，」畢提說，「現在你滿意了吧。老蒙塔格想要飛向太陽，如今燒掉自己的翅膀，卻仍納悶著為什麼。難道我放出獵犬到你家附近查探，這暗示還不夠明顯嗎？」

蒙塔格面色全然麻痺、無任何表情；他覺得自己的頭變成一顆石頭，嵌進鄰屋的黑暗中，落在那一片花朵織成的明亮柵欄裡。

畢提冷笑一聲：「噢，不會吧！你不會被那個小白痴的手法騙了吧，是嗎？花朵、蝴蝶、樹葉、日落，拜託！這全在她的檔案裡！我真該死。我正中紅心了，看看你臉上那令人作嘔的表情。幾片樹葉、月亮週期，簡直是垃圾。她知道那一切又有什麼好處？」

只見蒙塔格坐在火龍冰冷的擋泥板上，頭微微往左偏移半吋，接著往右偏移半吋，左、右、左、右、左……

「她看見了一切。她並沒有對任何人做什麼，她只是讓他們做自己的事。」

「做自己的事，見鬼！她跟你咬耳朵，影響了你，不是嗎？她就是那些該死的好心人，用他們那令人吃驚的、虛偽的沉默，以及自以為高人一等的才智引人內疚。該死的，他們就像半夜升起的太陽，讓你兀自躺在床上汗流浹背！」

前門開了，蜜卓跑下階梯，手裡僵硬地緊握一只行李箱，猶如陷入夢境般，一台金龜計程車剛熄火停在路邊。

「蜜卓！」

她僵直著身子奔跑經過他身邊，臉上慘白得彷彿撲了麵粉，口紅未施，幾乎不見她的嘴唇。

「蜜卓，妳該不會報案了吧！」

她把行李箱塞進等著她的金龜車，隨後爬了進去坐下，口中念念有詞：「可憐的家人、可憐的家人，噢，一切都沒了，一切，現在一切都沒了……」

正當金龜車疾駛而去之際，畢提攫住蒙塔格的肩，金龜車的時速猛地飆到七十哩，轉眼駛向街道另一頭，不見了。

如同一場夢崩毀的碎裂聲響，那夢是以曲面玻璃、鏡子，以及水晶稜柱組成的。蒙塔格的思緒飄盪，瞬間又颳來一陣不明所以的風暴將他轉向，他目睹史通曼和布萊克揮舞著斧頭，劈碎了窗台，空氣因而得以流通。

一隻鬼臉天蛾振著翅膀，刷過冰冷的黑色螢幕。「蒙塔格，我是法柏，你聽得見嗎？發生什麼事了？」

「我出事了。」蒙塔格回道。

「多麼駭人的驚喜，眼下每個人都清楚，百分之百確定，自己永遠不會有事。反正其他人會死，而我繼續活著，沒有後果必須承擔。只可惜，並非如此。好了，別說那些了，好嗎？等到你自食惡果的那一刻，一切都太晚了，對不對，蒙塔格？」畢提說道。

「蒙塔格，你逃不了嗎？跑吧？」法柏問。

蒙塔格徑直走著，全然感覺不到自己的腳碰觸到水泥地，然後是夜晚的草地。畢提在一旁輕彈點火器，那抹小小的橘色火焰吸引了他著迷的凝視。

「火到底有什麼特別之處，怎麼會那麼可愛？不管我們幾歲，總是會深受吸引？」畢提吹熄火焰，然後又點燃。「是火焰永恆的動感；這是人類一直嘗試發明卻無法成功的韻律，或者該說幾乎是永恆的動感。若讓火持續燃燒，是足以延燒至人們的一輩子那麼長。火是什麼？是一團謎。科學家給了我們一堆廢話，摩擦啦、分子啦，但是他們並非真正了解。火真正的美在於它足以摧毀一切後果和責任，一旦問題變得太過沉重，那就丟進火爐裡吧。現在，蒙塔格，你就是沉重的負擔，而火焰能把你自我肩上舉起來，乾淨、快速、絕對；不留一物，任其腐敗。抗菌、美觀，又實用。」

此刻，蒙塔格站著，仔細看著這棟奇怪的房子，在這深夜時分，伴隨鄰居的低語議論聲以及四處散落玻璃碎片，更顯它是如此陌生。而就在那塊地板上，覆蓋在書本上的毯子已然掀開，一如天鵝羽毛般攤著，原本如此了不起的東西，如今看來多麼愚蠢，一點都不值得費工夫，這些不就是將黑色字體和黃色紙張隨意裝訂起來而已嗎？

當然是蜜卓。她一定留意到他把書藏在花園裡，所以又把書拿進屋裡了。蜜卓啊，蜜卓。

「蒙塔格，我要你獨自完成這項任務，不能用煤油和火柴，而是一件一件燒掉，用火焰槍。你的家，由你清理。」

「蒙塔格，你不能跑嗎？逃啊！」

「不！」蒙塔格無助地吶喊道，「獵犬！因為有獵犬！」

法柏聽見了，而畢提也聽見了，並以為這句話是對他說的：「沒錯，獵犬就在這附近某個地方，所以別耍什麼手段。準備好了嗎？」

「準備好了。」蒙塔格彈開火焰槍的保險栓。

「噴！」

火焰槍口噴出一股猛烈的火焰，撲向書本，將書往後推倒到牆上。他踏進臥室，噴了兩次火，雙人床頓時燃燒了起來，發出劇烈的嘶嘶聲響更勝他希望這張床所能持續燃燒的溫暖、激情和光芒。他燒掉臥室的牆壁和梳妝櫃，因為他想要改變一切：椅子、桌子，以及飯廳裡的銀器和塑膠盤，一切證明他曾經住在這裡的事物，他曾經跟一名陌生的女人住在這空洞的房子裡，她很可能明天就會忘記他，她走了，可能已經全然忘記他，卻仍聽著貝殼廣播器塞給她的資訊，不斷塞給她，她就這麼獨自一人搭車離開了。一如過去，燃燒是美好的，他覺得自己隨著火焰而爆發，奪取一切、撕毀一切，用火焰將之從中斷裂，把毫無意義的問題擱置一旁。假使找不到解決的方法，好吧，現在也沒有問題了。火，是所有事情最好的解答。

「蒙塔格，書！」

那些書猶如烤架上的鳥兒跳著、飛舞著，翅膀著火了，冒出紅色、黃色的羽毛。

然後他來到起居室，那些笨重愚昧的怪獸沉睡著，腦中只有空白的思緒和雪花般的夢境，接著他往三面空白的牆上噴射，只見那片真空對著他嘶吼威脅，空洞的虛無發出更甚於空虛的呼呼聲、毫無意義的哭嚎。他試著想像那片呈現出一片虛無的真空，卻無能為力。他屏住呼吸，這樣真空就進不了他的肺。他切斷這片駭人的空洞，往後退，再為這處空間送上一份禮物──火焰槍一噴，眼前開出一朵巨大、鮮豔的火焰黃花。覆蓋在所有物品上面的防火薄膜無不被切出巨大的切口，整間房子被火燒得搖搖欲墜。

「等你處理得差不多了，」畢提在他後面補充道，「你將被逮捕。」

房子倒了下來，化成一堆熾紅的焦炭和暗黑的灰燼，如同陷入沉睡一般，身上覆蓋著粉灰色的餘燼，煙霧像上方吹拂而過的羽毛，在空中緩緩來回飄升、飛舞。已是凌晨三點半，人們都退回屋裡；馬戲團的大帳篷消萎成焦炭瓦礫，表演結束了。

蒙塔格呆立原地，握著火焰槍的手垂在身側，腋下汗濕成一片，臉上沾著煙灰。其他打火員在他後方等著，在那黑暗處，隱隱悶燒的房屋地基殘弱的映照出他們的臉。

蒙塔格反反覆覆地說起話來，好不容易整理好思緒。

「是我妻子報案的嗎？」

畢提點點頭，「不過她的朋友更早以前就報案了，只是我一直沒處理。無論如何，你都被檢舉了。實在是滿愚蠢的，居然那麼隨性、自在地吟起詩來，只有愚蠢又該死的渾蛋才會這麼大意。不過讀幾行詩，就以為自己是萬物之主了。你以為你拿著書，就能在水面上行走嗎？嗯，這個世界沒有書也可以運作得很好。看看他們把你搞成什麼樣子，那黏呼呼的東西都滿上你的嘴了，要是我的小指在那黏液裡頭攪一攪，你就會溺死！」

蒙塔格動不了，大火引來劇烈的地震，夷平了房屋，蜜卓在那底下某處，他的一生也一併埋葬，而他竟動彈不得。地震仍在他體內搖晃、崩倒、顫抖，他卻只是站在那裡，雙膝因為承受不了如此巨大的疲累、震驚和憤怒而微微彎曲。畢提不必舉起手便能擊垮他。

「蒙塔格，你這笨蛋，蒙塔格，你是該死的傻子，你為什麼要真的照做呢？」

蒙塔格沒聽見，此時他在很遠的地方，隨自己的心智馳騁，他走了，留下這副滿覆灰燼、已死的身軀，在另一名胡言亂語的笨蛋面前游移。

「蒙塔格，離開那裡！」法柏說。

蒙塔格聽見了。

畢提一記重拳打在他頭上，使得他往後翻滾，那顆綠色子彈瞬時傳來法柏的低語和嘶喊，並掉落至人行道上。畢提隨即撿了起來，咧嘴笑了。他拿著耳機，一會兒靠近自己的耳朵，一會兒又拉遠。

蒙塔格聽到遙遠的聲音呼喚著：「蒙塔格，你還好嗎？」

畢提關掉綠色子彈，塞進自己的口袋，「很好，原來不只是我猜想的那樣，我留意到你側頭、聆聽；一開始，我以為是貝殼。但是你突然回神，我不禁懷疑了起來。我們會追蹤這小玩意，並拜訪你的朋友。」

「不！」蒙塔格說。

他扭開火焰槍上的保險栓，畢提旋即瞄向蒙塔格的手指，雙眼微瞠。蒙塔格看見他眼中的啞然，自己也掃視著自己的雙手，想看看他們又有什麼新招術。後來他回想這一幕，無法確認是他那雙手，抑或是畢提對那雙手的反應，推了他一把，犯下殺人罪。最後一陣山崩般的隆隆巨響在他耳邊重重砸了下來，卻傷不到他分毫。

畢提咧嘴揚起他最迷人的笑容，「嗯，要吸引觀眾，這倒是個方法。持槍對準一個人，逼他聽你說話。說吧，這次要說什麼？不如你吐莎士比亞到我臉上吧，你這駑鈍的自大狂？『卡西烏斯，你的脅迫之言並未使我恐懼，因我的誠實是最強大的武裝，惡言有如清風吹拂過，我半分不放在眼裡！』[1]怎麼樣？來啊，你這二手文學家，開槍啊！」他往前一步，逼近蒙塔格。

蒙塔格只說道：「焚毀書，從來就不對……」

「蓋伊，把槍給我。」畢提仍維持著笑容說。

接著，他便淪為一團尖聲嘶吼的烈火，猶如一個不停跳躍、爬行、胡言亂語的假人，不再像個人，也無人認得，他不過是草坪上一團扭曲的火，而蒙塔格則一逕的往他身上噴出液態火焰。那團火嘶嘶作響，像是有人朝著燒得火紅的鍋爐吐了一大口唾沫，濃稠的泡沫不停冒出來，彷彿往一隻巨大的黑色蝸牛身上倒鹽，引起恐怖的液化作用以及如沸水般的黃色泡沫。蒙塔格閉上眼，不住地吶喊又吶喊，掙扎地想伸手摀住自己的耳朵，隔絕那道聲音。畢提不停翻滾、翻滾、再翻滾，最終扭成一團，像是燒得焦黑的蠟娃娃，靜靜躺著。

另外兩名打火員動也不動。

蒙塔格壓抑自己的噁心感，過了很長一段時間，他總算再次拿起火焰槍瞄準，「轉過去！」

他們轉過身去，面色蒼白如汆燙過的肉，汗如雨下。他重擊他們的腦袋，打掉他們的頭盔，要他們自己趴下。他們倒下後便不再動作。

1 出自莎士比亞劇作《凱薩大帝》，布魯特斯對卡西烏斯說的話。

一片秋日落葉吹了過來。

他轉過身，機器獵犬就在那裡。

獵犬跨過半邊草坪，自陰影中走了出來，動作是如此靈活輕鬆，彷若一陣密實的灰黑煙霧雲，靜靜朝他吹送過來。

獵犬最後往空中縱身一躍，撲向蒙塔格，距離他頭頂不到三呎，蜘蛛般的四肢伸向他，僅有的賁張牙齒中彈出了普魯卡因麻醉藥針。蒙塔格朝它噴出一大團火焰，一朵不可思議的火焰之花怒放出黃色、藍色、橘色的花瓣，包覆住金屬獵犬彷彿一層新的塗料，衝向蒙塔格，將他撞到十呎之外的樹幹上，只見他手中仍緊握火焰槍。他感覺到獵犬爬了過來，攫住他的腿，針頭倏地刺進去好一會兒，隨後火焰槍猛地將獵犬射向半空，金屬骨架的關節完全爆開來，一陣紅色閃光之後，獵犬的內部構造瞬間炸開，猶如瞄準了街道飛行的火箭。蒙塔格定靜不動的注視獵犬在空中掙扎，而後死去。即便如此，它似乎仍企圖回到他面前完成注射，而麻醉藥已在他腿上發揮作用。他既慶幸又深感恐懼，一輛時速近九十哩的車子疾駛而過，幸好他及時往後退，僅膝蓋被擋泥板撞了一下。他不敢起身，唯恐無法恢復知覺，那已然麻痺的腳。他只感覺到那麻木中的麻木，又深掘出一陣麻木……

現在呢……？

街上空無一人，房子燒毀了，有如破舊的舞台布景；其他房子一片漆黑，獵犬在那裡、畢提在那裡，另外三名打火員在其他地方，那火蜥蜴呢……？他凝視那座巨大引擎。那個也必須消滅。

好啊，他思忖著，看看你的狀況有多糟。站起來，放輕鬆、放輕鬆……好了。

他站了起來，僅一隻腳有知覺。另一隻腳則像他隨身的燒焦松樹樹幹，成為苦行僧的他，由於某種隱晦的罪孽只能帶著。若他將身體的重量壓在這隻腳上，一陣數不清的銀針便倏地自小腿處一路竄了上來，並在膝蓋處爆發。他哭了出來。拜託！振作起來啊，你、你不能待在這裡！

街上可見幾棟房子裡的燈光又亮了起來，是因為適才的騷動，或是這夜裡不尋常的寧靜之故，蒙塔格不清楚。他蹣跚地繞過廢墟，麻痺的腳一旦拖累他，他便抓著那隻腳走，一路說話、低泣，咆哮著指引方向，或是懇求他的腳在這生死交關的時刻跟他好好配合。他聽見幾個人在黑暗中嘶吼、吶喊。他來到後院，往巷子走去。畢提，他想著，你不再是問題了。你總是說，不要面對問題，燒了它。現在好了，我兩件事都完成了。再見，隊長。

然後，他在黑暗中沿著小巷蹣跚前進。

---

每當他的腳一碰到地面，彷彿一把霰彈槍打中他，他想著，你是個笨蛋、該死的笨蛋、糟糕的笨蛋、白痴、糟糕的白痴、該死的白痴，還是個笨蛋，該死的笨蛋。看看這一團混亂，拖把在哪裡？看看這一團混亂，你要怎麼收拾？自尊，該死，還有脾氣，而你拋棄了一切，你在最一開始便吐得所有人一身狼狽，也弄髒了自己。可是所有一切都一起發生了，所有事情一件接著一件爆發，畢提、那些女人、蜜卓、克萊莉絲、所有一切。沒有藉口，不要找藉口。笨蛋，該死的笨蛋，去自首吧！

不，我們要盡我們所能的去挽救，我們必須收拾殘局。萬一我們就是得燒，那麼就多帶幾本書離開。這裡！

他赫然想起那些書，又折了回去，或許還有一絲希望。

他在藏書之處找到幾本書，在花園的籬笆旁。蜜卓漏掉了幾本，願上帝保佑她。仍有四本書留在原地。夜裡響起了哭嚎的聲音，閃亮的光束四處搜索，其他火蜥蜴車正怒吼著，引擎聲響自遠處傳來，警車尖銳的警笛聲從小鎮另一頭橫切過來。

蒙塔格撿起殘存的四本書，跳著、搖晃著、跳著，沿著小巷前進，倏地跌了下去，彷彿有人切斷他的頭，徒留身軀躺在那裡。他體內有什麼迫使他停下來，隨之倒下。他躺在跌倒的地方，啜泣著，他彎起腳，臉貼著地面的砂礫，什麼也看不見。

畢提想死。

蒙塔格哭到一半的時候，他意識到這是事實。畢提想死。他方才只是站在那裡，並未真心試圖自救，他只是站在那裡，嘲弄他、挑釁他，蒙塔格思索著，這念頭足以讓他停止啜泣、停下來喘口氣。太不尋常、太不尋常了，居然有人這麼想死，允許另一人帶著武器在自己身邊遊蕩，自己非但沒有閉嘴企圖求生，反而繼續咆哮、取笑對方，終於惹惱對方，然後……

遠方傳來奔跑的腳步聲。

蒙塔格坐起身來，離開這裡吧。好了，站起來，站起來，你不能逕自坐在這裡！可是他依舊哭泣，他必須收起眼淚。此刻，他的情緒漸漸平復。他並不想殺人，即使對方是畢提。他身上的血肉攫住他，正往內縮去，猶如浸泡到酸液裡。他一陣作嘔。他看見畢提，化為火把，無法移動，在草地上不停顫動。他不住啃咬自己的指關節，對不起、對不起，噢，天啊，對不起……

他努力想要收拾殘局，回到短短幾天前那種正常的生活模式，在沒有篩子與沙、丹漢牌潔齒劑、飛蛾的聲音、螢火蟲、警報、短程旅行之前，短短幾天就發生這一切實在太多了，真的，即使是一生的時間也太多。

遠遠的小巷盡頭傳來跑步聲。

「站起來！」他對自己說，「該死，起來啊！」他催促著那隻腿，並站了起來。一開始，膝蓋骨如同被鐵釘戳痛，而後又像是被縫衣針刺痛，轉眼又只是被常見的普通安全別針所傷，他邊拖曳單腳，走跳了五十多步之後，只見手上扎滿了木柵欄的碎片，而腳的刺痛感則彷若有人往他腳上噴灑沸水一般。好不容易，他的腳再次恢復知覺，他原本擔心這麼奔走可能會迫使腳踝鬆動。此刻，他張口吸進滿腔夜晚的空氣，吐出蒼白的氣體，只把所有黑暗深深埋進自己體內，他邁開穩健的步伐向前奔跑，手裡仍拿著書。

他想到法柏。

法柏就在後頭那堆冒著熱氣的殘渣裡，已沒有名字也沒有身分。他也燒死了法柏，他猛地感到震撼，他真的覺得法柏死了，在那顆小小的綠色膠囊裡，像隻蟑螂般被烤熟了，或是在一個人的口袋裡憑空消失，而那個人如今也只是一副以瀝青穿刺而連接起來的骨架。

你一定要記住，燒死他們，否則他們會燒死你，他心想。現在，情況就是這麼簡單。

他檢查一下自己的口袋，錢還在，而另一邊的口袋裡，他找到一般的貝殼耳機，在這寒冷漆黑的凌晨時分，這座城市正在對自己說話。

「警方通報，通緝：犯人在市內逃亡，犯下謀殺，違反國家律法。姓名：蓋伊・蒙塔格。職業：打火員。最後目擊……」

他沉穩地在巷子裡跑過六個街區，然後巷子連接一條足足有十線道寬且空蕩蕩的主要幹道，在高聳的弧形白色日光燈直接照耀下，看起來像是一條無船的小河凍結在前方；他感覺到，自己若是渡河，可能會淹死；河面太寬、太空曠了。那是一片沒有背景的寬闊舞台，引誘他直接穿越，並在這灼人的照明下輕易被發現、輕易就範、慘遭射殺。

貝殼在他耳裡嗡嗡響著。

「……注意一名在逃男子……注意此名奔逃男子……注意一名孤身男子，步行……注意……」

蒙塔格往退後，隱身在陰影中。正前方有一家加油站，一大片白雪般瓷磚包覆著的建築在那裡，兩台銀色的金龜車停下來準備加油。眼下，如果他想用走的，而非奔跑，他必須打理好自己才能見人，他要冷靜地跨步穿過那條寬闊的幹道。倘若他能梳洗後再上路，那麼他便多一分安全前往……哪裡……？

對啊，他想著，我要去哪裡？

沒有。他無處可去，沒有朋友可以求援，真的。除了法柏。頓時他意識到，他確實是憑直覺朝法柏住處的方向奔跑。可惜法柏不能窩藏他；連姑且一試都會是自殺的行為。然而他知道，他還是會去找法柏，只要停留短短幾分鐘。在法柏的住處，他可以補充一下自己快速流失的信念，並相信自己能夠存活下去。他只想知道，世界上仍有像法柏這樣的人。他想親眼見證這個人活著，而不是剛才那被裹在另一副軀體中燒成焦屍的樣貌。而且，當然他必須留些錢給法柏，在自己繼續逃亡之後，法柏便可花用。或許他可以逃到空曠的鄉間，在那裡生活，或是在緊鄰河邊及高速公路旁的田野及山坡上。

突然傳來一陣轟隆隆的迴旋槳聲，他不禁抬頭看向天空。

警方的直升機在遙遠的地方升起，像是某個人拿起一株乾掉的蒲公英，吹掉灰色的絨毛種子。近二十幾架的直升機慌亂地升空，搖搖晃晃地，看似不知道往哪裡飛，離地約三哩，如同秋天的蝴蝶深感困惑一般。隨後又直落到地面，一架接著一架，這裡、那裡，輕輕撫過街道，接著變回金龜車，沿著大道一路呼嘯前進，又或是倏地躍回空中，繼續搜索。

—

加油站就在那裡，員工正忙著為客人加油。蒙塔格從後方接近，進入男用洗手間。廣播的聲音穿透鋁板牆，說著：「正式宣戰。」而外頭，傳來幫浦壓送出汽油。金龜車裡的人們在聊天，員工則談論著引擎、汽油、要付多少油錢。蒙塔格徑自站著，努力讓自己受到廣播裡平靜的宣示所影響而感到震驚，他卻未見任何反應。戰爭得先等等，等他的腦袋對這則訊息有所反應，大概需要一個小時，或兩個小時。

他清洗了手和臉，再用毛巾擦乾，盡量不發出聲音。他自洗手間走了出來，小心關上門，走進黑暗中，終於又來到空曠大道的邊緣。

眼前是一場他必須要贏的遊戲，涼爽的清晨中，他猶如面對寬廣的保齡球球道。

大道乾淨得就像競技場的地板，再過兩分鐘，便會出現某個不知名的犧牲者和某個不知名的殺手。這條寬闊的水泥河道上方，空氣因蒙塔格一人的體溫而微微顫抖；真是太令人難以置信了，他居然能夠感覺到自己的體溫致使周邊的世界振動起來。他是發出磷光的標靶，他知道，他感覺到了。現在，他必須展開自己短暫的散步計畫了。

距離三個街區以外的地方，亮起了幾盞車頭燈。蒙塔格深吸一口氣，肺部有如一把掃帚在胸膛內燃燒。他的嘴巴因奔跑而乾燥。喉嚨嚐到血液的鐵鏽味，而他的腳像是生鏽的鋼鐵一般。

那麼，那邊的燈呢？一旦開始行走，勢必得估算一下，以那些金龜車的速度，多久會到這裡。嗯，對面道路的圍欄距離有多遠？目測約一百碼。或許還不到，但就這麼認定吧，假設他走得非常慢，悠閒地邁開步伐，大概需時三十秒、四十秒才能一路橫越馬路。金龜車呢？只要一發動，僅約十五秒便能開到三個街區之外。那麼，假使他走到一半就開始跑……？

他踏出右腳，然後左腳，接著右腳，他走上空蕩蕩的大道。

即使街上空無一物，你當然也無法全然保證自己能安全穿過路面，畢竟可能會有一輛車自四個街區以外突如其來的衝過來，一路向前衝，就在你大氣都還喘不到幾口，車子便從你身邊呼嘯而過。

他決定不要數自己的步伐。他沒留心左邊也沒留心右邊，頭上的燈光看起來如此明亮，如正中午的太陽，且一樣炙熱。

他聽著車子的引擎聲，在他右邊兩個街區外的地方加速了起來，活動式的大燈前後照明，霎時，它發現了蒙塔格。

繼續走。

蒙塔格一個踉蹌，抓緊住那些書，強迫自己不能停下來。他下意識地快跑了幾步，而後大聲自言自語，又挺起身子邁步往前。他來到大道的一半，只是金龜車引擎的咆哮隨速度愈來愈快，也愈來愈尖銳。

一定是警察，他們看到我了。但是要放慢速度，放慢，安靜，不要轉頭，不要看，不要表現出不安的樣子。走，就是這樣，走，向前走。

金龜車正在衝刺、咆哮，並不斷加速；金龜車發出哀鳴聲，速度有如風馳電掣，飛掠過路面而來，如行駛在高速軌道上，一把看不見的來福槍發射出金龜車子彈，時速高達一百二十哩，甚至飆到一百三十哩。蒙塔格緊咬下脣，奔馳中的車頭燈熱度似乎灼燙了他的臉頰，他的眼皮不住顫動，全身上下不停冒出酸臭的冷汗。

他身體顫頊地左右晃動，並自言自語了起來，猛地他拔腿跑了起來。他奮力伸長了腿，竭盡所能的邁開大步，然後再伸長了腿，放下，收回，再伸長，放下，收回。天啊！天啊！掉了一本書，打亂節奏，他幾乎要轉身，隨即改變心意，繼續向前奔跑，呼喊著具體的虛無。而金龜車急起直追奔逃中的獵物，距離兩百呎、一百呎、九十、八十、七十，蒙塔格倒抽一口氣，拚命揮動雙手，雙腳抬起、放下、跨出，抬起、放下、跨出，愈來愈近、愈來愈近，嘲弄著、吼叫著，他轉過頭面對車頭燈的瞪視，感覺眼睛灼熱發白。剎那間，金龜車亦被自身的照明吞噬，如今不過是一把在他頭上揮舞的火炬；所有的噪音、刺眼的光線，此時此刻，幾乎都壓在他身上了。

他腳步一個踉蹌，跌倒了。

我完了！都結束了。

未想他這一跌，情勢竟改變了。就在要撞上他的那一刻，瘋狂的金龜車倏地煞車，猛然一偏。不見了。蒙塔格趴著，頭朝下，只見金龜車拖著一陣藍色廢氣，隱約傳來嘲笑聲。

他的右手伸了出去，平放在他頭頂那塊地上，他抬起頭來，看見在他中指的最頂端有一道淡淡的黑色輪胎痕，僅十六分之一吋，顯然是車子經過時留下的。他不敢置信地盯著那條黑線，站了起來。

他想，不是警察。

他低頭看著馬路，瞬間他明白了。一車的孩子，不同年齡都有，天曉得，大概十二歲到十六歲吧，一起出門，吹著口哨，吶喊著、歡呼著，撞見一個男人，多麼不尋常的景象，這男人竟然在慢慢散步，相當少見。於是，他們便提議：「去撞他。」全然不知他就是逃犯蒙塔格，眼前不過一群孩子出門打發漫漫長夜，在月光照耀的幾個小時裡狂飆五百或六百哩遠。風吹凍了他們的臉，凌晨才回家，或者不回家；活著回去，或者死了，總之，完成一趟冒險。

蒙塔格不穩地站著，心想，他們本來會殺了我。空氣依然刺痛著他，在他身邊捲起沙塵，颳著他瘀青的臉頰。他們也不需要什麼特別的理由，就可置我於死地。

他走向馬路對面的柵欄，提醒自己的雙腳要前進，繼續前進。他也不知道自己怎麼撿起掉落的書本，不記得自己是否折到了書或者碰到書，他只是不停的把書從這一手換到另一手，就像拿著一副不知道怎麼出才好的撲克牌。

我懷疑，是不是他們殺了克萊莉絲？

他停下腳步，又在心裡高聲問了一次。

我懷疑，是不是他們殺了克萊莉絲！

他想追上去對他們大吼。

他的眼眶濕了。

跌倒在地反而救了他一命。車上的駕駛一見到蒙塔格倒下，當下直覺認定在車速這麼快的狀況下，若是壓過一具人體，可能會導致車子翻覆，將他們都拋出車外。萬一蒙塔格仍是直挺挺的目標呢？

蒙塔格倒抽一口氣。

大道前方遠處，距離四個街區的地方，只見金龜車慢了下來，兩個輪子轉了方向，正往回衝刺，打斜切到對向車道，逐漸加速。

但是蒙塔格已經不見了，他躲在暗巷中安全的地方，他決定要踏上漫長的旅途，是一小時或一分鐘前的決定呢？他站在夜裡發抖，回頭望著金龜車疾駛而過，斜斜滑回道路正中央，空氣中迴盪著他們的笑聲，不見了。

更前方的遠處，當蒙塔格在黑暗中前行時，可以看見直升機降落又降落，猶如迎接漫長冬天的第一場雪……

房子裡很安靜。

蒙塔格從後方接近，躡手躡腳地穿過草坪，夜晚濕潤的空氣中滿是水仙和玫瑰香氣以及潮濕的青草。他伸手碰觸後院紗門，發現沒上鎖，便溜了進去，穿過門廊，豎耳傾聽。

布萊克太太，妳睡了嗎？他暗忖道。這麼做不對，但妳的丈夫對其他人不好，而且從未質疑、從未猶豫，更從未擔憂。事到如今，既然妳是打火員的太太，而這是妳的房子，該輪到妳了，這是為了妳丈夫曾經燒掉的所有房子，以及那些他想都沒想便傷害的人。

房裡沒有任何回應。

他把書藏在廚房裡，隨後離開，再次回到巷子裡，回頭一看，房子裡仍在黑暗且安靜中沉睡著。

在他離開小鎮的途中，空中的直升機像撕碎的紙片一樣飛舞，在一家夜間未營業的小店外有座孤獨的電話亭，他在此向警方報案。然後，他佇立在寒冷的夜裡，等待著，隔著一段距離，他聽見火警警報聲響起並持續，然後火蜥蜴來了，在布萊克先生出門工作的此刻燒了他的房子，將任由他的妻子站在清晨的空氣中顫抖，唯見房子的屋頂坍塌，砸進火堆裡。可是現在，她仍沉睡著。

晚安，布萊克太太。他心想。

「法柏！」

他再次輕輕敲門，低聲呼喚，然後是漫長的等待。過了好一會兒，法柏的小房子裡亮起微弱的燈光。又是一陣等待後，後門開了。

法柏和蒙塔格在微弱的燈光下佇立互相觀察彼此，彷彿彼此都不相信對方的存在。接著法柏採取行動，伸出手抓住蒙塔格，將他拉進屋內，要他坐下，隨後又折返到後門，站在門邊，仔細聽著。凌晨時分的警報聲逐漸減弱，消失在遠方。他走進來關上門。

蒙塔格說：「我是個徹頭徹尾的大笨蛋。我不能久留，我得上路了，但只有老天才知道我能去哪裡。」

「至少你這笨蛋知道要做對的事。」法柏回應道，「我以為你死了，我給你的膠囊……」

「燒掉了。」

「我聽到隊長正對你說話，突然就什麼都聽不見了。我差點出去找你。」

「隊長死了。他發現膠囊，一聽到你的聲音，他便打算追蹤來源。我用火焰槍燒了他。」

法柏坐了下來，好一陣子沒再說話。

「天啊，怎麼會這樣？」蒙塔格再次開口，「不過是前幾天晚上，一切都很好，一眨眼，我幾乎要溺斃了。一個人可以溺水幾次卻仍苟活？我沒辦法呼吸。畢提死了，他曾經是我的朋友，小蜜也走了，我以為她是我的妻子，而如今我也不確定了。房子全燒光了。我丟了工作，還在逃命，途中我把一本書栽贓到一名打火員家裡。老天爺啊，光一個星期我就幹了多少事！」

「你是做你必須做的。而且也醞釀好長一段時間了。」

「對，就算其他的我不信，這點我倒相信。事情慢慢累積起來，爆發了，我感覺這一切已經好久了，我在累積些什麼，我忙著做一件事，感覺到的卻是另一件。天啊，一直都是如此，想不到我外表一點也看不出來，不像變胖的樣子。現在我在這裡，擾亂了你的生活。他們可能會為了追補我而找到這裡。」

「這是我好幾年來第一次有活著的感覺，」法柏說道，「我覺得自己正在做的，是上輩子就完成的事，有那麼一會兒，我不怕了，也許是因為我終於在做正確的事了；也許是因為我魯莽行事，不想讓你覺得我是懦夫。我想，我必須有所作為，完成更激進的事，並表明我的身分，如此我才不致放棄而恐懼退縮。你有什麼打算？」

「一直跑。」

「你知道開戰了嗎？」

「聽說了。」

「天啊，是不是很可笑？」老人繼續說道，「感覺似乎離我們很遙遠，畢竟我們還得處理自己的麻煩。」

「我沒有時間細想。」蒙塔格拿出一百元，「我想要你留著這個，我走了之後，只要幫得上忙就用掉。」

「可是——」

「我可能不到中午就死了，拿去用。」

法柏點點頭：「可以的話，你最好往河邊走，沿著河往前，若你有辦法抵達往鄉間鋪設的舊鐵軌路，就順著鐵軌走。雖然幾乎什麼都往天上飛了，而大部分的鐵軌也都廢棄了，但軌道還在，任其生鏽。我聽說，鄉下到處都有遊民聚在一起，三三兩兩的；他們自稱步行團，如果你走得夠遠，多注意身旁的人，據說在往洛杉磯的鐵軌上有不少擁有哈佛學歷的老人。他們大多在城裡遭到通緝、追殺，我想他們是活下來了。他們人數不多，我猜政府從不認為他們是多可怕的威脅，沒必要追捕他們。你或許可以躲藏在他們之間一段時日，然後到聖路易斯與我聯繫。我會搭今天凌晨五點的巴士離開，去那裡找一名退休的印刷師傅。我終於要自己出動了。我會好好運用這筆錢。謝謝你，願上天保祐你。你想睡一會兒嗎？」

「我最好走了。」

「先確認一下。」

他急忙把蒙塔格帶進臥房，將一面畫框拉到一旁，露出明信片大小的電視螢幕。「我總是渴求小巧的物品，我好帶著到處走，必要的時候用手掌就能遮住，不要那種會對我大吼、蓋住我的聲音的，也不要像怪獸般巨大的。那麼，你來看看。」他扭開電視。

「蒙塔格，」電視機亮了起來說道，「蒙——塔——格，」一道聲音拼出這個名字，「蓋伊・蒙塔格，仍在逃亡中。警方直升機已經升空，從另一行政區調來一隻新型機器獵犬——」

蒙塔格和法柏彼此對望。

「——機器獵犬絕不失敗，自從首度用來追捕獵物，這驚人的發明從未犯錯。今晚，電視台很榮幸能有這個機會，出動攝影直升機跟隨獵犬出發尋找獵物——」

法柏倒了兩杯威士忌：「我們需要這個。」

他們喝了酒。

「——機器獵犬的嗅覺十分靈敏，能夠記住並辨認一萬個人身上的一萬種氣味指標，無須重新設定！」

法柏微微發顫了起來，環顧家裡各個地方，牆、大門、門把，以及蒙塔格此時坐著的椅子。蒙塔格看到他的表情。兩人很快地環視屋內各處，蒙塔格感覺自己的鼻孔翕張，他知道，他企圖追蹤自己的味道，他的鼻子突然靈敏到能夠嗅聞到房裡的空氣中，他的氣味鋪出一道軌跡，手上的汗水仍逗留在門把上，雖然看不見，卻有如小水晶吊燈上的寶石般充斥著，隨處都有他的痕跡，每樣東西裡裡外外都有。他是一朵發光的雲、一縷幽魂，根本不可能再多吐一口氣。他看見法柏停止了呼吸，唯恐將鬼魂吸進自己體內，或許也擔憂眼前的逃犯身上帶著什麼氣味，一吐氣就會污染了他的身體。

「直升機現在把機器獵犬放到燃燒的位置了！」

螢幕上顯示的，正是那棟燒毀的房子，四周圍著人群，上面覆蓋著像床單的東西，天空中有什麼正振著翅膀，是直升機，如醜陋的花朵。

所以，他們肯定是拿出真本事了，蒙塔格心想。馬戲團只能繼續表演，即使戰爭不到一個小時就要開打……

他盯著這一幕入迷，沒想過要離開。感覺一切離他如此遙遠，似乎和他毫無瓜葛；眼前只是一齣獨立演出的戲，與他無關，看起來十分離奇，讓他不覺有種詭異的快感。這一切都是為了我，你忍不住想著，這一切的發生都是因為我，天啊。

如果他想，他大可自在地賴在這裡，追蹤整趟搜捕行動，目睹他們順利進行的每一步，沿著小巷、穿過街道、橫越空曠的大道，而後經過社區住宅和遊樂場，在這裡或那裡暫停一下，以宣傳逮捕任務，再走過其他小巷，來到布萊克夫婦燃燒中的家，繼續前進，最後抵達這間房子，法柏和他正安坐喝酒，機器獵犬嗅聞到最後一絲氣味遺跡，本身安靜得如同一股死亡氣息，驟然在那扇窗外停下腳步。接著，如果他想，蒙塔格或許會起身，走到窗邊，仍緊盯電視螢幕，打開窗，探出身子，再回頭一看，便會同步看見自己被改編、被重新描寫、被全面塑造，而他就站在那裡，外頭的人透過那面明亮的小電視螢幕描述他，這是一齣他必須客觀看待的戲劇，他很清楚在別人家中的起居室裡，他的形象比真人更清晰、鮮豔、毫無死角！如果他不閉上眼睛，在他失去知覺前的片刻，還能目睹自己遭到注射，這是為了無數坐在起居室裡的觀眾，他們幾分鐘前被瘋狂的警報聲從睡夢中驚醒，起居室牆上發出警報，呼喊著要他們來觀賞這場盛大表演、這場追捕、這場一人嘉年華。

他有時間發表演說嗎？獵犬逮到他的那一刻，在一千、兩千，或是三千萬觀眾的注目下，不如他以簡單一句話總結他過去這一星期以來的人生，或只是一個單字，足以在他們腦中留下深刻印象，即使獵犬轉過身去，將他緊咬在金屬鉗似的下巴間，而後往黑暗邁步奔去，他們仍會記得，攝影機仍然留在原地，目睹那玩意兒逐漸消失在遠方，絢爛地淡出效果！他如何僅透過一個單字、幾句話，便在他們臉上烙下印記，讓他們清醒過來？

「在那裡。」法柏低聲說。

從直升機中滑出某個物體，不是機器、不是動物、非死、非生，閃著蒼綠的光芒。它站在蒙塔格家冒著煙的廢墟旁，那些人拿起他丟棄的火焰槍，放在機器獵犬的口鼻下。機器發出呼呼、喀喀的低鳴。

蒙塔格不禁搖搖頭，站了起來，將剩下的酒一飲而盡。「我該走了，很抱歉。」

「抱歉什麼？我嗎？我的房子？這都是我應該做的。逃吧，老天在上，或許我可以在這裡拖延他們——」

「等等，萬一你被找到，一切也都毀了。我離開之後，燒掉我碰過的這張床單。用你牆上的火爐，燒掉客廳的椅子。用酒精擦拭家具、門把。燒掉起居室的地毯。把每個房間裡的空調開到最強，若你有殺蟲劑的話，各處都噴一噴。然後，把草坪灑水器開到最強，甚至噴灑至人行道上。運氣好的話，我們至少可以消除我曾在這裡的痕跡，至少可以。」

法柏握著他的手：「我會處理的。祝你好運。如果我們兩人都能逃過一劫，下個星期，或者下下星期，我們再聯絡，寄信到聖路易斯，存局候領。很抱歉，這次我沒辦法利用耳機跟你去了，有的話，對我們兩人都好。可惜我的設備有限。你知道，我從沒想過有機會使用。我真是個愚蠢的老頭，事先完全沒料想到。蠢啊，蠢啊。我沒有多餘的綠色子彈、可以放在你腦裡的那種好耳機。快走吧！」

「最後一件事，快，給我一只行李箱，拿來並裝進你最髒的衣服、舊西裝，愈髒愈好，一件襯衫、幾雙舊鞋襪……」

法柏離開了一下子就回來，他們用透明膠帶封起行李箱外殼，「當然，得把法柏先生的舊氣味封起來。」法柏邊說邊氣喘吁吁的處理。

蒙塔格在箱外灑上威士忌，「我不想讓獵犬一次嗅聞到兩種氣味。我可以帶走威士忌嗎？晚點會需要。天啊，希望有用！」

他們再次握手，一邊緊盯著電視一邊走出門。獵犬上路了，後頭跟著盤旋空中的直升機，靜靜地、悄然無聲地，嗅聞夜晚中無盡的氣味。獵犬沿著第一條巷子奔跑。

「再見！」

蒙塔格輕輕走出後門，帶著半空的箱子奔跑了起來。在他後方，他聽見草坪灑水器倏地跳了起來，水灑在黑暗的空氣中，輕輕落下，然後不斷將水噴灑到四周，洗淨人行道，水沿著巷子流了出去。他臉上也沾到了幾滴水，他似乎聽見老人喊著說再見，只是他不太確定。

他飛奔經過房子，朝向河的方向。

蒙塔格奔跑著。

他可以感覺到獵犬，像秋天一樣，帶著寒冷、乾燥和急促而來，彷彿一陣風吹過，經過時卻未擾動青草、吹開窗戶，也不會讓白色人行道上的樹葉陰影有一絲動搖。獵犬不會驚擾這個世界，而是帶著靜謐行動，你因此感覺得到在你後方那股寧靜正逐漸累積成壓力，遍及整座城鎮。蒙塔格感到壓力正在升高，他繼續往前跑。

他在往小河的途中停下來喘口氣，從透出微弱亮光的窗戶邊偷窺那些被吵醒的住戶，屋內如剪影般的人們正注視著起居室的電視牆，牆上正播放機器獵犬，吐出一口霓虹般的煙霧，像蜘蛛般移動，一下在這裡、瞬間又消失！一下在這裡、瞬間又消失！眼下來到榆樹街、林肯、橡樹、公園，並沿著小巷子走向法柏住處！

走過去啊，蒙塔格內心如此期待，不要停，繼續前行，不要轉彎！

起居室牆上顯現出法柏的住所，灑水系統仍不停往夜空灑水。

獵犬停了下來，晃動軀體。

不！蒙塔格緊握窗框，這一邊！這裡！

麻醉劑的針頭亮了出來，又收回去，亮出來，收回去。一滴便足以置人於夢中的藥水從針頭上滴了下來，消失在獵犬的口鼻中。

蒙塔格屏住呼吸，彷彿在胸膛裡握緊拳頭。

機器獵犬轉過身，往法柏的住所反方向躍了出去，折返到巷子裡。

蒙塔格驟然望向天空，直升機愈來愈近，有如一大群昆蟲向單一光源聚集。

蒙塔格費了一番工夫才能再度提醒自己，他正往河邊逃逸，這不是什麼可以旁觀的虛構事件；這是現實，他親眼目睹的，正是一場屬於他自己的棋局，每一步都是。

他忍不住大吼，藉此補充自己必要的動力，好離開這最後一間屋子的窗戶，而神奇的降靈即將在裡面進行！去死吧！他離開、遠去了！小巷、街道、小巷、街道，河流的氣味。抬腳、放下，抬腳、放下，速度飛快，如果攝影機拍到他，將可見兩千萬個蒙塔格在奔跑。兩千萬個蒙塔格不停奔跑，又奔跑，就像那齣古老到畫面閃爍的基斯頓喜劇[2]，警察、搶匪，逮捕者與被逮捕者，獵人與獵物，他見識過幾千次了。如今在他後面是兩千萬頭獵犬無聲的吠叫，縱身躍過起居室牆面，一次越過三個抱枕的距離，從右牆跳到中央牆面，又到左牆，消失後出現在右牆、中牆、左牆，消失了！

蒙塔格將貝殼塞進耳裡：

「警方建議榆樹街區的所有居民配合以下行動：每一條街上、每一棟屋裡、每一個人，打開前門或後門，或是從窗戶往外看。在下一分鐘，如果每一個人都從房裡往外看，逃犯便無所遁形。準備！」

當然了！他們之前為何不這麼做！為什麼？這麼多年來，他們未曾嘗試過這種遊戲方式嗎？每個人都動起來，所有人往外看！他不可能不被發現的！在夜晚的城裡，唯獨一個人在逃，唯有這個人以此證明自己正在逃亡！

「開始數到十！一！二！」

他覺得整座城市的人都起身了。

「三！」

他覺得整座城市的人轉向幾千扇門。

「四！」

人們正在自家走廊上夢遊。

「五！」

他感覺到，他們把手放在門把上了！

河流的氣味如此冷冽，像密實的雨，他的喉嚨乾渴如生鏽一般，雙眼因為不停的奔跑，早已流不出淚。他吶喊著，彷彿這般吶喊能讓他如噴射引擎般前進，衝向最後的一百碼。

「六、七、八！」

2 Keystone Cops，由基斯頓製片公司出品的喜劇片。

五千扇門上的門把轉動了。

「九！」

他跑過最後幾排房舍，滾下一段斜坡，迎向一片不斷移動的黑暗。

「十！」

門開了。

他想像著幾千張臉面面相覷，望向庭院、小巷、天空，躲在簾幕後的臉龐顯得蒼白，對黑暗的夜感到恐懼，就像從電子洞穴中探頭張望的灰色動物，眼睛灰暗、不見色彩，灰白的舌頭和灰白的念頭，從那張麻木的臉上探出來。

但是他已經來到河邊了。

他伸手碰觸，只想確定這是真的。他涉水進去，在黑暗中褪去衣服，將威士忌潑灑在自己身體上、手臂、雙腳以及頭上；他喝了一口，湊近鼻子聞了聞。隨後，他穿上法柏的舊衣服和鞋子。自己的衣服丟進河裡，目睹河水將衣服帶走。下一步，他帶著行李箱，繼續往河中央前行，直到踩不到河底，接著他便在黑暗中隨河水流去。

獵犬抵達河邊時，他已經漂流到下游三百碼遠了。頭頂上方，直升機盤旋，槳葉發出隆隆巨響。一大束光照向河面，彷彿太陽穿過雲層探出來，蒙塔格趕緊潛至這道強烈光芒底下。他感覺到河水繼續帶著他走，進入黑暗。然後，光束折返照向陸地，直升機再次回到城市上空，他們似乎找到另一道蹤跡。他們走了，獵犬走了，眼前只有冷冷的河水和蒙塔格漂蕩在突如其來的平靜裡，遠離城市、燈光，以及追捕，遠離了一切。

他覺得自己似乎拋下了舞台和眾多演員；他覺得自己離開了那場盛大的降靈儀式以及所有低語的鬼魂。他在一段不真實的體驗中受到驚嚇而進入真實，但又感覺如此不真實，因為這體驗如此陌生。

黑色的土地從他身旁掠過，他即將進入山丘間的鄉村地帶。這十幾年來，他第一次目睹星星在空中漸次閃現，籠罩著一圈光芒如此耀眼；他看見星辰在空中集結成駭人的毀滅力量，脅迫地翻滾而來，將他碾碎。

他仰躺在河面上漂流，行李箱因進水而沉了下去；水流輕柔、和緩，遠離了那些以陰影為早餐、蒸氣當午餐、以煙霧為晚餐的人群。河水非常真實；安穩地承載著他，讓他最終有時間、空閒可以想想未來這個月、這一年、這一生的年歲。他聆聽自己的心跳漸緩，思慮不再隨血液狂竄。

他看見月亮低懸在空中，月亮在那裡，月光是從哪裡來的？當然是太陽。而太陽的光熱又從哪裡來？來自自身燃燒。太陽便是如此運作，日復一日，不停燃燒復燃燒。太陽與時間。太陽與時間與燃燒。燃燒。河水輕輕將他往前漂送。燃燒。太陽和地球上的每一座時鐘，一切凝聚在一起，在他心中融為一體。在陸地上漂流了這麼長一段時間，又在河水裡漂流了一小段，他明白，為什麼自己這一生絕對不能再燒東西了。

太陽每天都在燃燒，燒掉了時間。世界匆促的循環，以自己的軸心轉動，而時間則忙碌的燒盡歲月和人們，也不需要他助一臂之力了。所以，如果他跟隨打火員一起燃燒物品，而太陽又燃燒時間，那意謂著，一切都已燒盡。

總得有人停止燃燒。太陽是不會停止的。看來，只能是蒙塔格和那些短短幾小時前仍是他的同事的人們。而在某處，要重新開始保存和收藏的任務，也要有人執行保留、收藏的工作，無論透過什麼方法，收在書本裡、在唱片裡、在人們的大腦裡，什麼方法都行，只要能長久保住這一切，免於蠹蛾、蠹魚侵害，不會鏽蝕或乾燥腐敗，遠離拿著火柴的男人。這個世界充斥各種方式及規模的燃燒。看來，不易燃的石棉紡織工會的店鋪，不久便得以開張營業了。

他感覺到自己的腳跟碰到陸地、碰到鵝卵石和石塊，刮下些許砂礫。河流把他漂送至岸邊。

他看進眼前龐然的黑暗生物，沒有眼睛或光芒，沒有形體，只有綿延近千哩的體積，似乎不想停止延伸，一望無際的草地山坡和森林正等著他。

他不想離開清澈的河水，他料想獵犬可能在那裡。不期然地，樹木或許會吹下一陣直升機旋風。

然而，他卻感受到時序裡的秋風揚起，如另一道河流般吹掠。為什麼獵犬不追了？為什麼搜捕行動轉回內陸？蒙塔格仔細聆聽，沒有，什麼也沒有。

小蜜，他想著。這裡是鄉間了。聽啊！沒有，空無一物。萬籟俱寂，小蜜，不知道妳會怎麼想？妳會不會喊著閉嘴、閉嘴！小蜜、小蜜。然後，他陷入哀傷。

小蜜不在這裡，獵犬也不在這裡，但是從遠方某處的田野飄來乾草枯燥的味道，促使蒙塔格上岸。他記得自己很小的時候，曾經造訪過一處田野，那是極少數幾次，他發現原有另一個真實的世界，揭開非現實的七層屏障、在起居室電視牆之外、越過城市的白鐵城壕，這裡有牛咀嚼著青草，豬隻坐在正午溫暖的池塘裡，牧羊犬在山坡上吠叫著追趕白綿羊。

眼前，乾草的乾燥氣味、河水的流動，引他不住想像起在一處孤單佇立的穀倉裡，他沉睡在新鮮的乾草堆上，遠離嘈雜的高速公路，待在安靜的農舍後方，上方老舊的風車兀自轉動，猶如歲月流逝的嗚響。他一整晚都待在穀倉挑高的閣樓裡，細聽遠方的動物、昆蟲以及樹木，甚至細微的動作和騷動。

他想像著，在那一晚的閣樓下，他會聽見一道聲音，也許是腳步的移動。他會緊張得坐起身，然後那道聲音會離開。他便再躺下，望向閣樓的窗外，在深深的夜裡，看著農舍本身的燈光熄滅，直到一名非常年輕漂亮的女人坐在沒有燈光的窗前，編織她的頭髮。想正視她的臉並不容易，然而她長得很像他很久之前的過去所認識的女孩，那是好久以前的事了，那個女孩知道天氣是怎麼回事、從未被螢火蟲燙傷，女孩知道把蒲公英花抹在下巴有什麼含義。然後，她會從那面溫暖的窗前離開，她再次出現，則是在樓上那被月光照得發白的房間。接著，是死亡的聲音，噴射機的聲音將地平線之上的天空切割成兩片黑，他會躺在穀倉的閣樓裡，安全藏身此地，親眼見證那些奇怪的新星飛越地表，遠離晨曦的柔和光線。

到了早上，他不再需要睡眠，因為在鄉間待上一整夜，所有溫暖的氣味和畫面足以讓他休息、入眠，即使他整夜睜眼，而他的嘴脣，當他想要試著開口，他發現自己微笑著。

而就在那裡，在穀倉閣樓的樓梯底部，會有不可思議的事物正等待他。他會小心翼翼下樓，在晨間的粉紅光線中，他完全知道自己應該對這個世界懷有恐懼，謹慎刺探眼前那小小的奇蹟，而後才彎下腰去碰觸。

樓梯底下擺放著一杯冰涼的新鮮牛奶、幾顆蘋果和梨子。

如今，這是他想要的一切。給他某些跡象，讓他明白這廣闊的世界會接受他，給他足夠的一段時間去思考所有他必須思考的事。

一杯牛奶、一顆蘋果、一顆梨子。

他踏出小河。

陸地向他襲來，有如一波大浪。黑暗擊潰了他，鄉間的樣貌以及風帶來的百萬種氣味，凍住他的身體。他往後倒下，躺在闃黑、萬籟和氣味的衝擊浪潮下，耳內轟鳴著。他不覺暈眩了起來，視線所及冒出許多星星，似是冒火的流星。他想再次撲回河裡，讓河水隨意帶著他漂向其他地方。這片黑暗的土地漸漸升高，像他小時候的某一天，他正在游泳，此時不曉得從哪裡湧來他有記憶以來最巨大的一次波浪，將他打到鹹鹹的泥土地上，眼前淨是一片青綠的黑暗，水讓他的口鼻燃燒起來，翻攪他的胃，他不禁尖叫了起來！太多水了！

太多陸地了！

他前方那一片黑牆傳來什麼，一聲低語，某個形體。那個形體有兩個眼睛，夜晚瞅著他，森林，正看著他。

獵犬！

經過這一切奔跑、逃竄、揮汗如雨、幾近溺斃，來到這遙遠之地，經過這番努力，以為自己終於安全了，鬆了一口氣，他總算踏到陸地上，結果卻發現……

獵犬！

蒙塔格嘶吼出最後一聲痛苦的哀號，彷彿這一切已然超出一個人所能承受的。

那個形體猛地爆碎，眼睛消失了，樹葉堆飛舞了起來，彷彿乾燥的陣雨。

徒留蒙塔格獨自在荒野。

是一頭鹿。他聞到一股濃厚的麝香，像是香水味，卻混雜了血和動物口中膠黏的口氣，淨是小豆蔻、青苔和豕草的味道，在這廣闊的夜裡，樹木朝他襲來，又後退，襲來，又後退，感覺到他雙眼直視下的心跳。

這片土地上肯定有十億片樹葉；他踩了進去，如一條乾燥的河流，滿溢溫熱的丁香和溫暖的塵土芬芳。還有其他味道！一種似乎是集合了這塊地上所有切塊馬鈴薯的味道，未經調味、冰冷而雪白，獨享大半夜的月光照耀；一種像是罐子裡的醃黃瓜的味道，像是家裡餐桌上的荷蘭芹；有一種淡淡的黃色味道，好像瓶子裡的黃芥末；或是像隔壁院子裡的康乃馨芬芳。他把手放下，感覺到一根野草往上生長，像一個孩子輕撫著他。他的手指沾到歐亞甘草的香氣。

他佇立在原地吐納著，他吸進愈多這片土地，體內就充斥著愈多這片土地的所有細節。他並不覺得空虛，這裡的一切要填滿他綽綽有餘。總有更多事物足以吸收。

他走在樹葉鋪成的淺浪上，踉蹌而行。

身處陌生感之中，他備覺熟悉。

他的腳碰到了異物，傳來一記悶響。

他伸手在地上摸索，這裡、那裡，約一碼之處。

鐵軌。

那道鐵軌從城市延伸而出，在土地上生鏽，鋪設在森林和樹林之間，就在河岸邊，如今早已廢棄。

這條路可以通往他要去的地方，不論那是哪裡。這是他唯一熟悉的事物，或許他需要擁有這神奇的魔物好一會兒，碰觸、在腳下感覺這條路，他能夠繼續往刺藤灌木叢和湖泊前進，一路上嗅聞著、感覺著、碰觸著，聆聽樹葉的悄悄話和風吹落的聲音。

他走上鐵軌。

他驚訝地發現，自己突然非常肯定一件他無從證明的事。

很久以前，克萊莉絲也曾經漫步在這裡，就在他此刻行走的地方。

---

半個小時後，他感覺到寒意，他亦步亦趨的走在鐵軌上，清楚感覺到自己整個身體、整張臉、嘴巴、雙眼盡皆籠罩在黑暗中，他耳裡塞滿聲音，腳下的刺果和蕁麻搔他，他看見前方的火。

火消失，又出現，如眼睛眨了一下。他停下腳步，唯恐自己一吐氣便會吹熄了火。未想火光仍在，他從很遠的一端謹慎靠近。過了將近十五分鐘，他才逐漸真正接近火源，然後兀自站在隱密處窺看。那細微的律動，白色與紅色的色彩，這火光如此不尋常，因為對他的意義已截然不同。

那不是燃燒，而是溫暖。

他看到許多隻手圍繞火光尋求溫暖，看不見手臂，一逕藏在黑暗中。在那些手之上，只見靜止的臉孔，唯有在火光顫動時才會晃動，揮舞並閃爍。他從來不知道火可以是這般樣貌，他這輩子從來沒想過，火能夠予取予求，就連聞起來都不一樣了。

他不知道自己呆立了多久，但是他不禁興起一種既愚蠢卻又饒富興味的想法，自己化身為一頭森林裡的動物，受火光吸引而來。他擁有長長的睫毛和水汪汪的雙眼，全身覆蓋著毛皮，有野獸的口鼻和蹄，他這長角的動物，血液在全身奔流，如果將他撂倒在地上放血，聞起來會像秋天。他立定了好長、好長一段時間，聆聽火焰燃燒時發出的喀喀聲響。

在那團火焰周圍始終一片寧靜，那些男人的臉龐亦顯得安詳，總有時間的，總有足夠的時間可以坐在樹下、坐在生鏽的鐵軌旁，觀賞這個世界，憑藉眼神讓世界翻轉，猶如把世界放在火堆的中心，這些人共同鑄造出一塊鋼鐵般。不只是火顯得不一樣，而是那股平靜。蒙塔格走向這股獨特的平靜，世界的一切皆憑藉於此。

然後，聲音出現了，他們在聊天，他聽不見那些聲音在說什麼，但是音調緩緩地起伏，整個世界隨之翻轉，那些聲音正凝望這個世界。聲音知道這片土地、樹林以及在河邊鋪設鐵軌的城市。那些聲音無所不談，沒有什麼是不能聊的，他很清楚，從他們語調裡的抑揚頓挫、肢體動作、不斷揚起的好奇心和驚訝，他便足以確定。

接著，其中一人抬起頭來看見他，這是第一次，也或許已是第七次，一道聲音對蒙塔格說：

「好了，你可以出來了！」

蒙塔格後退隱身到陰影中。

「沒關係，」聲音又傳來，「我們歡迎你。」

蒙塔格慢慢靠近火光，五個老人坐在那裡，穿著深藍色的牛仔褲、夾克和深藍色襯衫。他不知道要對他們說什麼。

「坐下。」說話的男人似乎是這一小群人的領袖，「要喝咖啡嗎？」

他看著他把深色、冒著熱氣的混合液體倒進折疊式的錫杯，然後直接交給他。他小心啜飲著，感覺到他們帶著好奇觀察他。他的嘴唇燙到了，但感覺很好。周圍的臉龐雖都蓄著鬍子，卻很乾淨、整潔，雙手也很乾淨。他們站了起來，一副歡迎賓客的樣子，現在他們又坐下了。蒙塔格仍啜飲著。

「謝謝，非常感謝。」他說道。

「不客氣，蒙塔格。我叫格蘭傑。」他取出一小瓶透明液體，「喝了這個，會改變你排汗的化學組成，半小時過後，你聞起來就像另一個截然不同的人。既然獵犬在追查你，你最好一飲而盡。」

蒙塔格喝下苦味的液體。

「你會臭得像隻山貓，不過沒關係。」格蘭傑補充說。

「你知道我的名字。」蒙塔格問道。

格蘭傑朝火堆旁一台以電池發電的可攜式電視點了點頭，「我們正在收看追捕行動，猜想你應該會沿著小河往南跑。我們聽到你從森林中衝了出來，簡直像喝醉的麋鹿，我們沒有像平常那樣躲了起來。我們預料，當攝影直升機回到城裡盤旋時，你大概已經到了河裡。有件事情很有趣，追捕行動仍持續進行，不過是朝另一個方向。」

「另一個方向？」

「過來看看。」

格蘭傑轉開可攜式電視。出現的影像簡直是噩夢，濃縮在小螢幕裡，方便彼此傳遞，整片森林霎時縈繞在颼颼聲響的色調及飛行裡。一道聲音高喊：

「追捕行動持續在城北進行！警方的直升機在八十七大道和榆樹叢公園會合！」

格蘭傑點了點頭：「他們在捏造事實。你在河邊就甩掉他們了，他們不可能承認的。他們很清楚，他們只能掌握觀眾的注意力至此，這場表演必須盡速謝幕，要快！若他們搜索整條河，可能要耗上一整晚。所以他們找了一名代罪羔羊，轟轟烈烈的終結一切。注意看，他們五分鐘之內便會逮捕到蒙塔格。」

「可是怎麼——」

「你看著。」

懸掛在直升機機腹的攝影機此時對準了下方一條空蕩蕩的街道。

「看到了嗎？」格蘭傑低聲說，「那就是你；在那條街道盡頭處，可見到我們的受害者。看到攝影機如何拉近鏡頭了嗎？營造效果，製造緊張氣氛，長鏡頭。現在，某個可憐的傢伙不過出門散步。實在罕見。太不尋常。別以為警方不知道這種怪傢伙的習性，有人就是會清晨出門散步，沒什麼道理，或者是因為失眠。總之，警察已經追蹤他好幾個月、好幾年了，且永遠不知道這樣的資訊何時能派上用場。而今天，他們證實了的確有用，還挽救了他們的面子。噢，天啊，你看那邊！」

火堆邊的人紛紛傾身向前。

在螢幕上，有個男人轉過街角，機器獵犬猛然衝到觀眾面前，直升機的燈光打了下去，照射出十幾條壯觀的光柱，在男人四周圍出一座牢籠。

聲音高喊：「蒙塔格在那裡！搜捕結束！」

無辜的男人一臉疑惑的站在原地，手裡拿著一支點燃的香菸。他瞪視著獵犬，不知道那是什麼，或許他永遠不會知道。他瞥了一眼天空以及逐漸減弱的警報聲，攝影機很快拍了下來，獵犬往空中一躍，節奏和時機都抓得無比完美。它伸出針頭，在眾目睽睽下，針頭懸在空中一會兒，似乎要讓廣大的觀眾有時間好好欣賞這一切：受害者臉上毫無遮掩的反應、空蕩蕩的街道、鋼鐵般的動物如一顆子彈，精準嗅聞到目標物。

「蒙塔格，不要動！」空中傳來警告聲。

攝影機鏡頭落在受害者身上，與此同時，獵犬有所動作，兩者不約而同逮到他。獵犬和攝影機像巨大的蜘蛛攫住受害者，抓得死緊。他放聲尖叫、尖叫、又尖叫！

畫面黑了。

沉默。

黑暗。

蒙塔格在眾人的沉默中嘶吼，而後轉身走開。

沉默。

然後，那些人在火堆旁坐了好一會兒，面無表情，暗掉的螢幕再次傳來宣告聲：

「搜捕結束，蒙塔格已經死亡。擾亂社會的罪惡終於受到懲罰。」

黑暗。

「現在，讓我們帶領各位來到豪華飯店的空中套房，欣賞半小時的《拂曉之前》，本節目——」

格蘭傑關上電視。

「他們沒有清楚拍攝出那個人的臉。你注意到了嗎？連你最好的朋友都無法判斷那是不是你。他們倉促行動，好讓觀眾自行想像。見鬼了。」他低聲謾罵，「真是見鬼。」

蒙塔格不發一語，但是此刻，他回頭看，並坐下，雙眼緊盯黑色螢幕，不住地發顫。

格蘭傑搭著蒙塔格的手臂：「歡迎重返人間。」蒙塔格點了點頭，格蘭傑繼續說：「現在，你也差不多該認識我們了。這位是佛萊德．克雷蒙，前劍橋大學湯瑪斯．哈迪學院主席，那是在學院變成原子工程學院以前的事了。另外這位是加州大學洛杉磯分校的西蒙斯博士，他專門研究西班牙哲學家奧特嘉．伊．加塞特（Ortega y Gasset）。這位是威斯特教授，好多年前，他在哥倫比亞大學授課，為倫理學出了不少力，而如今這已是門古老學問了。帕多瓦牧師三十年前在傳道，某個星期天他說出自己的看法，到了下個星期天，他便失去信眾，他跟著我們流浪好一段時間了。我自己呢，我寫了一本書名為《手套中的手指：個人與社會間的適當關係》的作品，而今就在這裡了！歡迎你，蒙塔格！」

「我跟你們不一樣，」蒙塔格終於緩緩開口道，「我一直以來都是個白痴。」

「我們見多了。我們都曾犯下正確的錯誤，否則就不會在這裡。當我們各自離群索居，只會滿腔怒火。好幾年前，一名打火員焚毀我的書庫，我出手攻擊他，自此不斷逃亡。你想加入我們嗎，蒙塔格？」

「沒錯。」

「你能給我們什麼？」

「什麼都沒有。我想，我本來有一部分的《傳道書》，或許還有一些《啟示錄》，只可惜現在我連這些都沒有了。」

「《傳道書》就可以了，在哪裡？」

「這裡。」蒙塔格伸手輕觸自己的頭。

「啊。」格蘭傑微笑著點點頭。

「怎麼了？不好嗎？」蒙塔格問道。

「何止是好，簡直完美！」格蘭傑轉身面對牧師，「我們有《傳道書》嗎？」

「有一個，在楊斯鎮一名叫哈里斯的男人。」

「蒙塔格，」格蘭傑堅定的抓住蒙塔格的肩膀，「步行前進時要謹慎，注意自己的健康。萬一哈里斯遭逢不測，你就是《傳道書》了。你看看，不過一分鐘，你變得多重要！」

「可是我忘了！」

「不，沒有什麼會永遠被遺忘，我們有辦法幫你把身上的爐渣清掉。」

「我試圖要想起來！」

「別再嘗試了。等我們需要的時候，便會想起來的。所有人都有影像記憶，卻花了一輩子時間學習阻斷那些其實在腦內的事物。我們的西蒙斯努力了二十年，至今我們已找到方法，可以回想起只讀過一次的內容。蒙塔格，你想不想有一天能讀柏拉圖的《理想國》？」

「當然！」

「我就是柏拉圖的《理想國》，想讀馬可．奧里略嗎？西蒙斯先生正是馬可。」

「你好。」西蒙斯先生問候。

「你好。」蒙塔格說。

「我想讓你認識強納森．史威夫特，他寫了那本邪惡的政治小說《格理弗遊記》！

還有這位，他是查爾斯・達爾文，這一位則是叔本華，這位是愛因斯坦，然後我身旁這位是史懷哲先生，他真是一位仁慈的哲學家。我們全都在這裡了，蒙塔格，假如你想多認識一些，我們還有希臘喜劇作家阿里斯托芬、甘地、佛陀、孔子、湯瑪斯・勒夫・皮考克、湯瑪斯・傑佛遜，以及林肯先生。我們同時是〈馬太福音〉、〈馬可福音〉、〈路加福音〉，以及〈約翰福音〉。」

每個人都靜靜笑了。

「不可能。」蒙塔格說。

「當然可以。」格蘭傑微笑著回答，「我們也是燒書者。讀過書之後，我們會把書燒掉，擔心會被發現。微縮膠卷不太有用。我們經常四處旅行，又不想把膠卷埋起來，之後再折返取回。總是有可能被人找到。最好的方法，是保存在老人的頭腦裡，沒有人看得見，也不會有人懷疑。我們都是片段的歷史、文學和國際法、拜倫、湯姆・佩恩、馬基維利，或是耶穌基督，都在這裡。時候是晚了，不過戰爭即將開打，而我們在這裡，城市在那裡，以千種色彩把他們自己包覆起來。蒙塔格，你有什麼想法？」

「我想我很盲目，一味想著以自己的方法處理，把書放在打火員家裡，栽贓給他們，再去通報。」

「你也是做自己該做的。把事情鬧到全國皆知，或許會有很好的效果。但是我們的方法比較簡單，而且我們認為，也比較適當。我們只想保留我們認為仍會需要的知識，完整無缺且安全無虞。我們不想煽動或激怒任何人，畢竟萬一我們被消滅了，知識亦將隨之死去，也許永遠消失了。就我們獨特的說法來形容，我們可是模範市民；我們走在舊鐵道上，晚上躲在山丘裡，城裡的人也不管我們。偶爾，會有人攔下我們，進行搜身，可是我們身上沒有什麼能安上罪名的物品。我們的組織很有彈性，相當鬆散，且分布零星。其中有些人曾接受過整形手術，改變了長相和指紋。眼下我們正執行一項殘酷的任務：我們在等待戰爭爆發，並在短時間之內結束。這並不好受，然而我們是不受控制的一群人，我們是在荒野中吶喊的特異少數。等到戰爭結束，或許我們對這個世界會有一點幫助。」

「你真的認為，他們到時候會聽從嗎？」

「不聽從的話，我們也只能等待。我們會透過口述將書本傳承給我們的孩子，之後，便輪到我們的孩子等待其他人了。當然，經由這種方法會遺失不少資訊。然而，你不能要求人們聽從你，他們需要時間甦醒，並想想發生了什麼，以及為什麼這個世界在他們眼皮底下爆炸。不可能永遠如此。」

「你們有多少人？」

「今晚走在廢棄鐵軌上的有數千人，外表是流浪漢，腦子裡卻是圖書館。一開始並不是計畫好的。每個人都有一本自己想記住的書，也背起來了，然後，過了二十幾年吧，我們在旅途中遇見彼此，鬆散的網絡自此連結起來，並擬出計畫。最重要的唯一一件事是，我們必須禁錮自己成為不重要的人，我們不能變成老學究；不可以認為自己比世界上其他人優秀。我們不過是書本上那灰撲撲的書衣，除此之外，一無是處。我們之中有些人住在鎮裡，綠河鎮上住著梭羅《湖濱散記》第一章，緬因州柳樹莊裡住著第二章。噢，在馬里蘭州的一座小鎮裡，全鎮僅二十七個人，沒有人會想轟炸那座小鎮，他們可是柏特蘭．羅素的全文集，你幾乎可以拾起這座小鎮翻閱書頁，那麼多的書頁成為一個人。等到某年某天，戰爭一結束，這些書頁可以再次被謄寫下來，這些人會被找來，一個接一個背誦出自己所記得的內容，我們會排版印刷，直到另一段黑暗時期到來，也許我們又得重複一次這該死的工作。然而，這便是人性的美好之處；人們絕對不會備感挫敗或厭惡，索性放棄一切從頭的任務，因為他非常清楚其重要性，而且值得。」

「我們今晚要做什麼？」蒙塔格問道。

「等待。」格蘭傑說，「然後我們要往下游走一段，以防萬一。」

他開始往火堆扔沙土。

其他人一起幫忙，蒙塔格也是，而就在那一片荒野中，所有人動了起來，一起滅火。

他們站在星光下的河邊。

蒙塔格看一眼防水表上的夜光表面，五點，淩晨五點。不過一個小時，卻感覺已過了一年，而黎明就在遠方的河岸等待著。

「你為什麼相信我？」蒙塔格說。

一個人在黑暗中前行。

「光看到你就夠了。你最近沒好好看鏡中的自己吧。除此之外，城裡的人從來不會搭理我們，甚至這麼大張旗鼓來打擾我們，幾個腦袋裡裝著韻文的瘋子對他們沒有影響，他們清楚，我們也清楚，大家都清楚。只要大多數人不會邊引述《大憲章》和《憲法》邊四處遊蕩，就沒有關係。打火員足以確認這一點，偶爾出動即可。不，城裡的人不會打擾我們，而你，看起來糟透了。」

他們沿著河岸往南走。蒙塔格努力想看清每個人的臉，他藉著火光所記得的蒼老臉龐，滿布紋路且疲倦。他所尋求的一絲光明、決心、征服明日的野心，在這些臉龐裡卻幾乎看不見。或許他期待他們的臉龐熊熊燃燒、發亮，映襯出他們所攜帶的知識，一如提燈般從內發光。可惜所有的光芒都來自火堆，這些人看起來跟其他參加長途賽跑的人沒什麼不同，他們尋找了好長一段時間，目睹美好的事物慘遭摧毀，而現在，已經很晚了，他們聚集在一起，等待派對結束，吹熄燈火。他們甚至不太確定，自己腦內記得的事物是否能讓未來的每個黎明發出更純粹的光芒，他們什麼也不確定，除了封存在他們眼後的書本，那些書仍在等待，書頁尚未割開[3]，等著未來幾年或許會有顧客上門，或許有些人兩手潔淨，有些人則指頭上帶著髒污。

當他們往前走時，蒙塔格側目瞥向身旁每一張臉。

「別憑封面評論書本好壞。」有人說。

他們輕輕笑了，繼續往下游走。

3 古早的精裝書的書頁間不會割開，而是讓讀者一邊讀一邊自己割開。

忽然傳來尖叫聲，在他們還來不及抬頭望眼之際，從城市飛來的噴射機已掠過他們上方。蒙塔格回頭瞅著城市，在河流遠處，僅見一團隱約的光。

「我妻子還在那裡。」

「很遺憾聽到這個消息。接下來幾天，城裡不會太好過。」格蘭傑說。

「好奇怪，我一點都不想她，對一切也沒什麼感覺，真奇怪。」蒙塔格說，「前一刻我才意識到，即使她死了，我想，我也不會難過。這樣不對，我一定是怎麼了。」

「聽著，」格蘭傑說，搭著他的手臂走在他身邊，將樹叢撥到一旁讓他走過去，「我還小的時候，我祖父過世了，他生前是名雕刻家。他更是個善良的人，對世界付出許多愛，經常為鎮上清理垃圾；他做玩具給我們，他一生中製造了百萬件物品；他的雙手總是忙碌著。他過世的時候，我驚覺自己並不是為他哭泣，而是為了他所做過的一切。我哭泣，是因為他永遠無法再做那些事了，他不再雕刻，或是為我們在後院養白鴿或灰鴿，或是像生前那樣演奏小提琴，或以他的方式說笑話給我們聽。他曾是我們的一部分，他死了，一切作為戛然而止，再也沒有人像他那樣做這些事了。他是獨一無二的。他是很重要的人。我從未克服他離去的事實。我不時想到，由於他的離去，以致有多少完美的雕刻作品無法問世？這世上少了多少笑語？有多少需要棲息的鴿子少了他雙手的撫慰？他形塑了這個世界，他對這個世界有所貢獻。他過世的那個晚上，這個世界同時失去成千上萬件美好的事情。」

蒙塔格無聲走著，「小蜜，小蜜，」他輕聲呼喚，「小蜜。」

「什麼？」

「我的妻子，是我的妻子。可憐的小蜜，多麼可憐，可憐的小蜜。我什麼都記不得，我想到她的雙手，卻想不起那雙手曾經做過什麼。那雙手只是垂在她身側、或在她腿上攤著，或是拿著香菸，就這樣了。」

蒙塔格轉身往回瞥了一眼。

蒙塔格，你給了這座城市什麼？

灰燼。

其他人又給了彼此什麼？

什麼也沒有。

格蘭傑站著，隨蒙塔格一起回頭望：「我祖父曾說，每一個人的離去，一定都會留下什麼，一個孩子、一本書、一幅畫、一間房子、一道築好的牆，或是一雙做好的鞋，或是一片細心照料的花園。總有某個事物是你的雙手曾經碰觸過的，於是，在你離世後，你的靈魂便有了歸宿；等到人們看著你種下的那棵樹或那朵花，你就在那裡。他說，重要的不是你曾經做過什麼，而是你改變了什麼，在你碰觸它之前，直到將手抽離之後，它已經不再一樣了。他說，一個修剪草坪的人跟一名真正的園藝師，差別就在碰觸；修剪草坪的人幾乎像從未來過一樣，然而園藝師卻終其一生地留下來。」

格蘭傑移開了手，「我祖父有一次讓我看某部V－2火箭的影片，那是五十年前的事了。你曾經從兩百哩的高空上俯瞰原子彈爆炸的蕈狀雲嗎？那不過一個小針孔，不算什麼，四周一片荒涼。

「我祖父播放那部V－2火箭的影片不下十幾次，總希望有一天，我們的城市能夠更自由開放，讓綠意、土地和荒野多多接觸城市，並提醒人們，我們在這個世界上只占據了小小一方，我們在荒野中倖存了下來，而大自然可以收回一切曾經給予我們的，輕易得如同朝我們吹一口氣，或是透過海洋來告訴我們，我們並沒有多偉大。祖父說，等到我們忘記夜晚的荒野離我們有多近，總有一天，荒野會來提醒我們，因為我們忘了荒野可以多可怕、多真實。你懂了嗎？」格蘭傑轉身面對蒙塔格，「我的祖父離開多少年了，但要是你掀開我的頭蓋骨，老天在上，在我大腦的迴路中，你勢必可以找到他的指紋印下多深的痕跡。他碰觸過我。就像我剛才所說的，他生前是名雕刻家，『我厭惡羅馬人提倡的保持現狀！』他跟我說，『用奇妙的事物填滿你的雙眼，以你在十秒後將驟然離世的態度認真活著。看看這個世界，可是比工廠製造或花錢買來的夢境更為精采。別過分要求什麼保障、要求什麼安心，從來就不存在這類生物。即使有，也一定跟大樹獺為同一類，成天只會倒掛在樹上，天天如此，睡掉整個一生。想下地獄才需要這些，』他說，『搖晃樹幹，把那隻大樹懶搖下來摔個屁股著地。』」

「你看！」蒙塔格突然高喊出聲。

戰爭在那一刻開始，也在那一刻結束。

之後，蒙塔格周圍的人實在無法具體陳述他們是否真的看見什麼。也許他們只看見空中猛烈的光芒和畫面；也許炸彈就在那裡，噴射機出動了，十哩、五哩，只差一哩了，就在那一瞬間，空中猶如伸出一隻巨大的手在播種，灑下穀粒般的炸彈，而炸彈落下的速度順暢得令人恐懼，卻又不期然的慢了下來，落在他們拋下的那座黎明之城。這場轟炸行動意圖明顯，目的達到後便結束，噴射機發現目標之後，對轟炸員發出信號，讓他們以時速五千哩的速度前進，有如鐮刀一揮而下，戰爭倏地結束了。炸彈投擲完成，一切都結束了。現在，整整三秒鐘，是留在歷史上的紀錄，炸彈落下來之前，敵船本身在可見的世界中已然消失大半，如同野蠻的荒島人或許不相信子彈的威力，因為他們看不見：然而心臟卻乍然被擊碎，身體以分解動作倒下，血液也驚恐於竟能夠自由接觸到空氣，大腦恣意回想起幾段珍貴回憶，然後，疑惑了，死了。

這不是相不相信的問題，只是一種表態。蒙塔格看見城市遠方揚起一團巨大的金屬拳頭，知道接下來便會聽到噴射機的咆哮，完成任務之後，他們會說：瓦解吧，石頭之上不再有石頭，一切崩解。死亡。

蒙塔格將炸彈停格在空中片刻，他的心智和雙手無助地伸出去捧著，「跑啊！」他對法柏高喊，對克萊莉絲高喊，「快跑！」對蜜卓高喊，「快逃，逃離那裡！」他卻也想起，克萊莉絲死了，而法柏也離開了，在那個國家的偏僻巷弄裡的某個地方，他搭上凌晨五點的巴士，要從一處廢墟到另外一處。雖然廢墟尚未形成，仍在空中等待，可以確定的是，人們即將成就一處新廢墟。那輛巴士在高速公路上，在還沒完成下一段五十碼的行程以前，目的地便毫無意義，而其出發地即將從大都會變成垃圾場了。

而蜜卓……

快逃，跑啊！

他看見她待在某處的旅館房間內，炸彈在半秒鐘內便會向她襲擊，距離她所在的建築物還有一碼、一呎、一吋。他看見她傾身面向巨大的閃亮牆面，其上有豐富的色彩和動態，那些家人不斷對她說話、聊天、談心，隨意與她聊著、閒扯，喊她的名字，對她微笑，全然不提炸彈只差一吋、半吋，現在距離旅館頂部僅四分之一吋了。蜜卓整個人往前趴在牆面上，以為飢渴地觀看便能找到她失眠不適的祕密。她焦急又緊張地前傾，看似要跳了進去、投身落入那一片蜂擁密集的色彩中，溺死在那片明亮的幸福裡。

第一顆炸彈擊中。

「蜜卓！」

也許，誰會知道呢？也許巨大的廣播電視台放送出那麼多色彩、光線、談話和閒聊，會是先消失的。

蒙塔格直挺挺地倒下了，思緒往下沉，他看見或感覺到，或者說，他想像自己看見或感覺到，牆上的那些畫面在小蜜眼前黑了，他聽見她尖叫，因為在那百萬分之一秒的瞬間，她目睹自己映照在螢幕上的臉，那是一面鏡子而非水晶球，那是一張空虛至極的臉，獨自在房裡，什麼也觸摸不到，飢餓時啃食自己；好不容易，她終於認出那是自己的臉，旋而抬頭看向天花板，整座旅館的結構便在她頭上爆裂開來，百萬磅的磚頭、金屬、灰泥和木頭推擠著她，和其他人如蜂湧般倏地跌落至地窖，而那場爆炸便在這裡毫無道理的捨棄了他們。

我想起來了，蒙塔格趴在地上，我想起來了，芝加哥，很久以前在芝加哥，小蜜和我，我們就是在那裡認識的！我現在想起來了，很久以前在芝加哥。

爆炸聲衝擊著大氣，沿著河流一路傳到下游，一股強勁的風往南吹，將那些人像骨牌般推倒，吹拂過水面，激起水花，揚起塵埃，上方的樹木亦為之哀悼。蒙塔格將自己強行推倒，蜷縮起全身，閉緊雙眼。他不過一眨眼，便在那瞬間，他看見那座城市出現在半空中，而非炸彈。兩者完全錯位。在那不可思議的片刻，城市依然矗立，重新再造，讓人認不出原貌，甚至比原先希望或努力想達到的高度更為聳立，比人所建造出的高度更高，一堆破碎的水泥塊、扭曲變形的金屬最後聳然而立，化成一塊壁飾，像一場倒轉的山崩般掛著，百萬種顏色、百萬種奇怪的物品，大門被安置在理應是窗戶之處、上下顛倒、側面轉為背面，然後整座城市翻了一圈，倒下，死去。

緊接著，傳來死亡的聲音。

蒙塔格躺在那裡，緊閉的雙眼覆滿沙土，攏起的嘴裡含了一大口潮濕的水泥灰，他喘氣、哭喊，又開始思考，我記得，我記得，我還記得其他事。是什麼呢？對了，對了，一部分《傳道書》，一部分的《傳道書》和《啟示錄》，那本書的一部分、一部分，快點啊，快點想起來，在記憶消逝之前，在這衝擊逐漸和緩之前，在風停止吹拂之前。《傳道書》，來了。他不停對自己靜靜重複，平躺在顫抖的大地上，他念了好多次，毫不費力便念出那些完美的字句，沒有丹漢牌潔齒劑的干擾，只有牧師一人，獨自站在他的腦海裡，看著他……

「好了。」一道聲音響起。

那些人像是跳到草地上的魚一般大口喘氣，他們抓著地面，就像孩子抓著自己熟悉的物品，不管有多寒冷或是死了，不管發生了什麼或是即將發生什麼，手指頭盡皆緊緊抓住地面；而且人們不住大聲嘶吼，耳膜才不致因爆炸而震破，理智不致因爆炸而斷裂，張開了嘴，蒙塔格跟隨他們大聲嘶吼，抗議那陣颳過他們臉面的風，扯痛了他們的唇，致使他們流出鼻血。

蒙塔格望著那一大片煙塵落定，他們的世界籠罩在一片極度寧靜裡，他躺在那裡，似乎能夠看見每一顆塵埃、每一片樹葉，他聽見這世上正發出的每一聲哭泣、喊叫、低語。寧靜隨塵埃灑落而降臨，他們或許得花點時間四處看看，在腦中接受這一天的真實。

蒙塔格看著河流，我們將沿著河流走；他又看著舊鐵軌，或者我們往那裡走，或者我們可以走上高速公路，我們會有時間填滿自己。而總有一天，這些事物存放在我們體內很久以後，便能透過我們的手和口記錄下來。其中有很多會是錯的，但對的部分業已足夠。我們今天只要開始走，看看這個世界，感受這個世界在我們身邊運轉、交談，親眼目睹世界真正的樣貌。此時此刻，我想要觀看一切，我接收這些訊息的時候，它們都不是我，但是過了一段時間，一切都會在我體內聚集，那便是我了。看看外面這個世界，天啊，我的天啊，看看外頭這一切，在我之外，在我臉龐以外，而真正能夠碰觸一切的方法就只有把這些放在心裡，最後成為了我，在我血液裡，每天要搏動循環幾千、幾萬次；我會穩穩抓住，不會任其消磨殆盡。總有一天，我會緊緊抓住這個世界，現在我已經伸出一根手指搭上去了；這是個開始。

風停了。

其他人躺了一會兒，也差不多醒了，他們只是還沒準備好起身，開始這一天的任務、升火、煮食、數不清的、令人手忙腳亂的瑣事。他們躺著，眨眨自己滿布塵埃的雙眼。你可以聽見他們的呼吸逐漸加快、然後減緩、又減緩……

蒙塔格坐了起來。

然而，他靜止不動。其他人也一樣。太陽碰觸到黑色的地平線，露出淡紅色的頂部，空氣寒冷，飄散著即將下雨的味道。

格蘭傑靜靜起身，動了動自己的手腳，唾罵了幾聲，他不斷低聲咒罵，眼淚滑落臉頰。他步履蹣跚的走到河邊，望向上游。

「夷為平地了。」過了很久之後，他說，「整座城看起來如同一堆烘焙粉，消失了。」又過了良久，「不知道有幾個人早一步知道戰爭即將發生？不知道有多少人覺得驚訝？」

蒙塔格則是想著，在世界另一端，又死了多少座城市？而我們國家呢？一百座、一千座？

某人擦燃了一根火柴，從口袋內拿出一張乾燥的紙點燃，塞到一堆青草和樹葉底下，過了一陣子，又加進小樹枝，可惜樹枝是濕的，濺到了水，好不容易點著了；在一大清早，火愈燒愈旺，太陽升了起來，那些人原本還看著河流上游，也終於受到火光吸引，慢慢轉過身來，氣氛有些僵硬，無話可說，低頭之際，陽光就在他們的後頸平添顏色。

格蘭傑打開一包油布包，裡頭放了幾片培根。「我們吃一點，然後轉向往上游走，他們在那裡會需要我們。」

有人拿出一只小煎鍋，把培根放上去，煎鍋便擺到火堆上。一會兒過後，培根滋滋作響了起來，噴濺的油光使得晨間的空氣滿溢香味。所有人靜默地凝視這場儀式。

格蘭傑盯著火，說：「鳳凰。」

「什麼？」

「有一種該死的笨鳥叫鳳凰，在基督出生之前便已存在，每過幾百年，會堆起柴火將自己燒盡。牠們肯定是人類最一開始的表親。不過，牠每一次燒掉自己，總會從灰燼裡飛出，而後又是全新的生命。看來我們也在做一樣的事，一次又一次，然而我們擁有一件該死的東西是鳳凰未曾擁有的。我們知道自己做了什麼該死的蠢事，我們知道自己一千年來做了什麼該死的蠢事，只要我們深知這點，且一直放在心上提醒自己，總有一天，我們不會再堆起該死的葬禮火堆，然後又跳了進去。每個世代，我們都會挑選幾個人記得這件事。」

他把煎鍋自火堆上拿起來，把培根放涼了，然後他們一起享用，慢慢的，若有所思般享用。

「好了，我們往上游出發吧。」格蘭傑說，「記得一件事：你不重要，你什麼也不是。

有一天，我們身上負荷的事物或許可以幫助某人，但是即使在很久以前，在我們手上還有書本的時候，我們也沒有好好運用從書上學來的智識。我們可以說是直接羞辱了亡者，直接往那些早我們先走一步的可憐傢伙的墓碑上吐口水。接下來一個星期、一個月、這一年，我們會遇到很多孤獨的人。如果他們問我們在做什麼，你可以回答，我們在記得，長此以往，我們總會獲勝；總有一天，我們所記得的，將足夠到可造出史上最大的該死蒸汽挖土機，然後挖出史上最壯觀的墳墓，把戰爭扔進去，再埋起來。好了，我們得先去建造一座鏡子工廠，未來一年只生產鏡子，並好好看進鏡子裡。」

他們吃完早餐，把火熄滅。天色在他們身邊逐漸明朗，就像把一盞粉紅色檯燈扭得更亮了一些。樹林中，方才飛快掠過的鳥兒又回到樹上停歇。

蒙塔格開始往北走著，一會兒，他發現其他人都跟在他後頭。他很驚訝，於是往一旁讓開，讓格蘭傑先行，只見格蘭傑看著他，點頭示意他繼續向前。蒙塔格便徑直往前。他看著河流、天空，以及生鏽的鐵軌向後延伸進入田野，那裡的穀倉內滿是乾草，很多人在離開城市的路途上會經過這裡。之後，過一個月或六個月，肯定不會超過一年，他會再次沿著這裡走，獨自一人，不停向前走，直到他追上人群。

但是現在，一早他們要走好長一段路，直到中午，如果這些人悄然靜默，那是因為有太多事必須思考，有太多事必須記憶。或許早晨再過一段時間，太陽升高了一些，溫暖了他們的身體，他們便會聊了起來，或只是說著他們記得什麼，好確定他們仍在那裡，確保那些事物仍安然存在於他們體內。蒙塔格感覺字句慢慢攪動著，慢慢煨著。輪到他的時候，他能說些什麼？在這樣的日子裡，他要說什麼才能讓這趟旅程稍顯輕鬆？凡事都有定期，沒錯；拆毀有時，建造有時，沒錯；靜默有時，言語有時[4]，沒錯；這些都對，但還有什麼，還有什麼？什麼、什麼……

在河這邊與那邊有生命樹，結十二樣果子，每月都結果子；樹上的葉子乃為醫治萬民。[5]

沒錯，蒙塔格心想，這句我會留待中午再說，留待中午……

當我們走到城裡時。

4 以上這幾句都出自《傳道書》。
5 出自《啟示錄》二十二章。

# 後記：投入一角硬幣後
# Afterword: Investing Dimes

我本來不知道，但其實我一直在寫一本平價的大眾小說。一九五〇年春天，我花了九塊又八十分錢，完成〈打火員〉的初稿，故事後來延伸為《華氏四五一度》。

從一九四一年直到那時，多數作品都是在家裡的車庫裡完成，若不是在加州的威尼斯（住在那裡是因為我們很窮，而非那裡是什麼「熱門」的地點），便是在我妻子瑪格萊特和我所居住的社區住宅後方。我可愛的孩子會把我拖出車庫外，她們執意在後窗附近探頭探腦，一邊唱歌，一邊敲打著窗框。身為父親，我必須在完成故事和陪女兒玩耍兩者之間抉擇，當然，我選擇了陪伴她們，而此舉將危及家庭收入。我一定得找一處辦公室，無奈我們負擔不起。

終於，我找到了適合的地方，就在洛杉磯加州大學圖書館地下室的打字間。那裡整齊排列著十幾台或更多雷明頓牌或安德伍牌打字機，只要一角便能租用半小時。一旦你投入一角硬幣，計時器便瘋狂發出滴答聲，而你也發狂似地打起字，以便在半小時內完成工作。由此，我被雙重動力驅動著：遠離家中的孩子，以及計時打字機迫使我瘋狂敲打鍵盤。時間真的就是金錢。我大概花了九天完成初稿，共計兩萬五千字，是最終完成的小說字數的一半。

在投入一角後、在打字機卡住時崩潰（寶貴的時間不等人啊！）、在打字機裝入、抽出一張又一張的紙張間，我習慣到樓上閒晃。我在那裡漫步，迷失在對書本的熱愛中，行走在走廊間，經過一疊又一疊藏書，觸摸著書本，抽出一本書，翻閱書頁，再把書塞回去，浸淫在這一切美好的事物中，這便是圖書館的本質。再適合不過的地方啊，不是嗎？我在這裡所寫的小說，可是要在未來燒書呢！

說太多過去的事了。那麼《華氏四五一度》在今時今日又是如何呢？在我還是年輕作家時，聽了這麼多他人的評論，我是否改變心意了呢？如果這所謂的改變是指我對圖書館的熱愛又更廣、更深了，那肯定的答案會快如自書堆中突然彈跳而出，一掃圖書館員臉上的蒼白。由於創作這本書，我進而編寫出更多的故事、小說、散文和詩，且都是和作家有關的，數量遠超過歷史上我能想到的所有作家。我創作關於梅爾維爾的詩、關於梅爾維爾和艾蜜莉・狄更生的詩、關於艾蜜莉・狄更生和查爾斯・狄更斯的詩、關於霍桑、愛倫坡、布勒斯等人，過程中，我甚至比較了凡爾納筆下的瘋狂船長以及梅爾維爾筆下同樣執迷的水手。我振筆疾書寫下關於圖書館員的詩，或是和我最喜歡的作家搭乘夜車橫越荒野大陸，我們整夜不睡，盡情賭博、喝酒，喝酒、又聊天。在一首詩中，我警告梅爾維爾離陸地遠一點（他從來就不適合！）；我把蕭伯納變成機器人，以方便將他裝進火箭裡，然後在前往南門二星系的漫長旅途中喚醒他，聽他自舌尖上吐出他的劇本前言，好讓我享受聆聽的盛宴。我曾寫過一篇時光機的故事。在故事中，我哼著歌回到過去，坐在王爾德、梅爾維爾以及愛倫坡臨死的床沿，傾訴我對他們的熱愛，並在他們人生的最後時刻裡溫暖他們的身體……但是，夠了。你也看到了，一談到書本、作家，以及那座儲藏他們智慧的巨大糧倉，我就是個瘋子——整個人陷入瘋狂。

最近，由於要準備洛杉磯實驗劇場（Studio Theatre Playhouse）的公演，我把《華氏四五一度》裡所有的角色自暗影中召喚回來。我對蒙塔格、克萊莉絲、法柏、畢提說，自從我們在一九五三年見面之後，發生了什麼新鮮事嗎？

我問了，他們也回答了。

他們創作出全新的故事，揭露出一些關乎他們尚未為人發覺的靈魂及夢想的奇特情節。其結果促成一齣兩幕劇，搬上舞台後獲得令人滿意的效果，且大多是正面的評價。

畢提回答我的問題時，說出的答案最深入：一切是怎麼開始的？為什麼你決定擔任打火隊長，成為燒書的人？畢提那令人意外的答案出現在他帶著我們的英雄蓋伊．蒙塔格返回公寓的那一幕中。一進公寓，蒙塔格當下目瞪口呆，他發現，在打火隊長的祕密圖書館中藏著上千本、上千本的書籍，排滿了牆面！蒙塔格轉身，忍不住對著他的主管大吼：

「你是打火隊長！你的房子裡不能有書！」

聽到這話，隊長似笑非笑，回答：

「擁有書本並不是罪，蒙塔格，而是閱讀！沒錯，我擁有書本，可是我並沒有讀書！」

蒙塔格震驚不已，徑自等著畢提進一步解釋。

「蒙塔格，你看不出這其中的美好之處嗎？我從來沒有讀過這些書。一本也沒有、一篇章節、一頁，就連一小段也沒有。這麼做確實極其諷刺，對吧？擁有上千本書，卻從未翻開，背對著所有書本說：不。如同擁有一屋子的美女，卻只是微笑著，而不碰觸……任何一個。你現在清楚了吧，我沒有犯罪，如果你曾經逮到我讀任何一本，好啊，那就去檢舉我吧！可是這個地方，純潔得猶如十二歲處女那奶油色的夏夜閨房。這些書將在書架上凋零。為什麼？因為是我說的。我不會供給它們養分，它們永遠盼不到雙手的觸摸、雙眼的注目、舌尖的朗讀。它們比塵埃好不到哪裡去。」

蒙塔格抗議說道：「我不懂，你怎麼能不受——」

「誘惑嗎？」消防隊長吼道，「噢，那是很久以前的事了。伊甸園裡的蘋果被吃了，然後就消失了。蛇回到樹上。只見園中雜草叢生，鏽跡斑斑。」

「曾經——」蒙塔格遲疑了一會兒，而後才繼續說，「你一定曾經非常喜愛書本。」

「這還用說！」消防隊長旋而答道，「腰帶以下。下巴上。穿透心臟。拉扯出五臟六腑。噢，看看我吧，蒙塔格。我是愛過書本的男人，不，我是曾經為書本瘋狂的男孩，為書本著了魔，像隻猩猩般爬上書堆，為書本痴迷。

「我像享受沙拉一樣嚼食書頁，書本便是我中餐的三明治、我的午茶，是我的晚餐，以及午夜時分咀嚼得津津有味的宵夜。我撕下書頁，灑上鹽便吃了、浸泡在調味醬裡，啃食書背，用舌頭翻閱一篇又一篇的章節！十幾本的書、幾十本、上億本。我帶了太多書回家，因而駝背了好幾年。哲學、藝術史、政治、社會科學、詩、散文、浮誇的劇本，只要你說得出來，我就吃得下去。然後……然後……」打火隊長的聲音愈來愈微弱。

蒙塔格催促道：「然後呢？」

「還能怎麼樣，人生的不幸發生在我身上。」打火隊長閉上眼睛回想，「人生。一如往常。千篇一律。愛情感覺不太對勁，夢想逐漸酸蝕，性愛索然無味，死亡不期然的找上了命不該絕的朋友，某個人或另一個人慘遭殺害，某個親近的朋友陷入錯亂，母親逐漸步向墳墓，父親意外自殺——象群奔逃，疾病猛撲。找不到，我沒辦法在對的時間找到那本對的書，好塞住水壩上那面崩裂的牆，水壩要垮了，抵擋不住洪水，說是隱喻也好，失去或復得一抹微笑也罷。在我即將屆滿三十歲、邁入三十一歲之際，我振作了起來，每根骨頭都斷了，每一吋皮肉都擦傷了、瘀青了，或是傷痕累累。我看進鏡子裡，只見一名迷失的老人躲藏在年輕人恐懼的臉龐之後，其中藏著對每件事物、任何事物的憎恨，只要你說得出來，我就會詛咒。我翻開那座純淨圖書館裡的藏書，看見了什麼？什麼？什麼？」

蒙塔格猜測道：「書頁是空白的？」

「一點也沒錯！空白的！噢，那些字詞還在，是沒錯，但如同熱油一樣滑過我眼前，一點意義也沒有。幫不了我、安慰不了我，沒有平靜、沒有安全感、沒有真愛、沒有安歇之處、沒有光亮。」

蒙塔格回想：「三十年前……最後的圖書館燒毀……」

「沒錯。」畢提點點頭，「沒有工作，也當不成浪漫主義者，或者不管那該死的是什麼意思，我申請擔任第一級打火員。我第一個踏上階梯、第一個衝進圖書館、第一個進入熊熊燃燒的火爐核心，在那裡，他的同胞永遠發光發熱，我全身淋滿煤油，火炬傳給我！」

「我說完了，你懂了吧，蒙塔格。滾出去！」

蒙塔格離開，對書更是好奇了，不久他將變成流亡者，很快就會被機器獵犬搜捕，幾乎斷送生命，那可是我複製柯南．道爾筆下駭人的巴斯克維爾巨獸而來的機器人。

在我的劇本中，老人法柏化身為不全然存在的導師，在漫漫長夜中對蒙塔格說話（透過塞在耳朵裡的貝殼廣播），最後為打火隊長所欺騙而犧牲了。為何發展至此？畢提懷疑有人利用這種祕密裝置在指導蒙塔格，於是將貝殼撞出蒙塔格的耳朵，對著那名在遠方的導師高喊：

「我們要來抓你了！我們就在門前！我們走上樓梯了！抓到你了！」

法柏恐懼至極，他的心毀了自己。

這一切都很棒。多麼吸引人，雖然已經太遲，我仍得努力克制自己別把這些情節塞進小說裡。

最後，則是諸多讀者來信抗議克莉絲就這麼憑空消失，他們想知道她到底發生了什麼事。導演法蘭索瓦．楚浮同樣深感好奇，於是將小說改編成電影時，他索性將克莉絲從遭到遺忘的處境中拯救出來，讓她和那群愛書人一起在森林裡漫遊，反覆背誦著書本中的字句給自己聽。我也覺得應該要拯救她，畢竟她那一碰到喜歡的人便近乎傻氣地滔滔不絕，就許多方面來說，促使了蒙塔格開始思考書本以及其中的奧義。因此，在我的劇本中，克莉絲出現了，她歡迎蒙塔格加入，並為這齣本質上實屬陰鬱的戲劇平添了些許快樂的結局。

然而，小說依舊維持原本的樣貌。我不認為應該介入修改任何一名年輕作家的作品，更遑論那名年輕作家還是我曾經的自己。蒙塔格、畢提、蜜卓、法柏、克莉絲，他們或站或動，出場和退場的地方，一如三十二年前我第一次創造他們的時候，在洛杉磯加州大學圖書館的地下室裡，我投下一角硬幣，有了半小時。我未曾改變當時的想法或字句。

最後我還發現一件事。你也看見了，我所創作的小說和故事無不是出自於一股極其強烈的、令人振奮的熱情。直到最近，我快速翻閱這本小說，這才意識到蒙塔格這個名字源於一家造紙工廠。而法柏呢，當然啦，是鉛筆製造商！我的潛意識真是狡猾，居然如此為他們命名。

而且還沒向我透露！

一九八二

# 尾聲 Coda

約莫兩年前，我收到一封瓦薩學院的嚴謹年輕女士的來信，她在信中表示，她有多麼欣賞我嘗試創作的太空神話——《火星紀事》。

不過，她補充說道，或許遲了，但倘若我可以重寫這部作品，並加入更多女性角色，是否更好？

而在早些年前，我所收到不少來信中，也不乏關於同一本火星書的抱怨，認為書中的黑人角色根本是從《湯姆叔叔的小屋》走出來的，為何我不「重寫」呢？

大約同一時間，我收到一則美國南方白人捎來的信息，對方認為我獨厚黑人，建議整個故事理應盡數棄置。

兩週前，在我堆積如山的信件裡，冒出薄薄一封無關緊要的信，來信者為一家知名出版社，對方希望將我的故事〈霧角〉（The Fog Horn）收錄在中學學生讀物裡。

在我的故事中，我描寫了一座燈塔，它在深夜分所發出的光芒仿若「神光」，任何人只要以和海中生物一樣的視角抬眼望向燈塔，無不感受到自己「與神同在」。

編輯刪除了「神光」以及「與神同在」。

五年前左右，又有另一群編輯集結了大約四百篇（算過了）的短篇故事，合編為單冊的學生讀物。你要如何從馬克・吐溫、華盛頓・歐文、愛倫・坡、莫泊桑以及安布羅斯・比爾斯的作品中，選出四百篇的短篇故事塞進一本書裡？

簡化故事。剝皮、去骨、抽髓、劃破、溶化、熬煮，而後破壞。每一個有意義的形容詞、每一個具動感的動詞、每一個重量更甚於蚊子的比喻——滾！每一個會讓比傻蛋更傻的傢伙嘴角抽動的明喻——刪！除了能夠解釋一流作家那二流哲學的語句外，其餘的——丟！

每一個故事無不偷斤減兩、餓到皮包骨、用藍鉛筆[1]挑剔、讓水蛭吸乾鮮血直到蒼白，看起來和其他故事沒什麼兩樣。吐溫讀起來像坡讀起來像莎士比亞讀起來像杜思妥也夫斯基，最終，讀起來像艾德格・蓋斯特[2]。一個單字只要是超過三個音節便剔除。凡是必須耗費瞬間注意力的畫面，都直接槍斃。

你開始知道我講的，是哪件該死又了不起的事了嗎？[3]

我怎麼回應上述的一切？

我一律「打槍」回去。

我寄上退稿通知給他們每一個人。

我買了車票給這群白痴，送他們搭上開往地獄最遠那一端的列車。

重點很明顯。要焚毀書本不只一種方法，這個世界上不乏有人拿著點燃的火柴四處奔走。每個小團體，不管是浸禮會、一名論派、愛爾蘭人、義大利人、八旬老人、禪修的佛教徒、猶太復國主義支持者、基督復臨安息日會、婦女解放團體、共和黨員、支持同志的馬太辛、四方福音會，都備感自身有意願、有權利、有義務熄滅煤油燈、熔毀保險絲。每個駑鈍的編輯都認為，自己要負責製造出所謂的文學，其實不過是一團像牛奶凍般可怕又乏味的麥片粥，一點化學反應也沒有，只要作者膽敢說得比耳語大聲、寫得更勝搖籃曲，他便舔了舔斷頭臺上的刀片，眼睛緊盯作者的脖子。

1 Blue pencil，審查出版品時，用以註記出不妥字詞、用句的筆。

2 艾德格・蓋斯特（Edgar Guest，一八八一～一九五九），美國詩人。

3 作者所指，為一九六七年，出版商藉口編纂適合中學閱讀的教材，在未經作者同意下，刪改《華氏四五一度》中不適合中學生閱讀的內容。直到一九七九年，才恢復全文，重新出版。

在我的小說《華氏四五一度》中，畢提隊長曾描述一開始燒書的是那些少數族群，一個個自書中撕掉一頁或刪除一段，直到書本裡空無一物、人類心智停止運轉、圖書館永遠關門的那一天。

「關上門，他們便從窗戶進來；關上窗，他們便從門進來。」[4] 這是一首老歌的歌詞，完全符合我的生活模式：每個月都得應付新來的一批屠夫／審查員。就在六個月前，我發現在過去幾年來，拜樂坦出版社裡某些固步自封的編輯，唯恐我的書會毒害年輕人的心靈，於是一點一滴的，從小說中審查出約莫七十五處個別段落。而閱讀這本書的學生寫信告訴我，這整件事無比諷刺，畢竟他們才是要面對未來的審查制度以及燒書的人。茱蒂琳恩．德芮是拜樂坦出版社的新編輯，她決定再次編輯整本書，把所有該死的和見鬼的內容全數歸位，並在今年夏天重新出版。

接著是對老約伯二號的最後考驗：上個月，我寄了一份名為《利維坦九十九號》（*Leviathan 99*）的劇本給一個大學劇團。劇本是根據《白鯨記》故事所改編，並以此向梅爾維爾致敬，故事描述一群火箭機組人員及盲人太空隊長冒險前進，盼望遇見大白彗星，同時消滅毀滅者。今年秋天，我的戲劇方以歌劇的形式在巴黎首演。而如今，大學劇團竟回信告訴我，他們不敢演出我的劇本，理由是沒有女性角色！校園裡主張性別平權的女士們揚言，若劇團冒然演出這齣劇，她們將帶球棒突襲！

我不禁咬牙切齒，齒間都磨出粉了。我想這就意謂著，從今以後再也不得演出《樂團男孩》（沒有女性）或是《女人們》（沒有男性）。或者必須清點人數，有男有女，那麼有好一部分的莎士比亞戲劇便永不見天日，特別是當你精算其中台詞，並發現男人總是占盡便宜！

我於是回信建議，或許他們應該這星期演出我的劇本，下星期輪到《女人們》。他們大概以為我在開玩笑，而我卻不太清楚自己是不是認真的。

這個世界如此瘋狂，然倘若我們放任這些少數人干涉創作之美，不管他們是侏儒或巨人，是猩猩或海豚、擁核派或水資源保護主義者、支持電腦發展的人或是新盧德派[5]、傻子或哲人，世界甚至還會更瘋狂。真實的世界如同一處遊樂場，每個大小團體都能制定或廢除律法。不過一旦他們濫用自身權利，自鼻尖探進我的書、故事或詩

4 一九五〇年，由雙人團體 Lulu Belle & Scotty 所演唱的歌曲〈Shut The Door, They're Coming Through The Window〉。

5 新盧德派（Neo-Luddite）泛指主張必須拋棄科技的人。其字義延伸自十九世紀初所謂的盧德分子（Luddite），當時為一群反對工業革命、並參與破壞工業設備的人。

文中，我的領域意識便會啟動、運轉，並掌控。如果摩門教徒不喜歡我的劇本，那就讓他們自己寫一齣；如果愛爾蘭人討厭我的都柏林故事，索性讓他們租台打字機；如果教師和文法編輯覺得我寫的句子太拗口，會傷了他們只習慣玉米牛奶粥的牙齒，不如讓他們享受那來自自身荒唐的創作工廠且浸泡在淡而無味的茶裡的過期餅乾；如果墨西哥裔的知識分子想重新裁剪我的「超讚冰淇淋裝」[6]，使其符合墨西哥人的祖特裝（Zoot），但願皮帶鬆開，褲子掉下來。

認清事實吧，脫離常軌才是機智言論的靈魂。若是把哲學元素從但丁、米爾頓或哈姆雷特父親的鬼魂中抽離，徒留的不過是乏味的骨架。勞倫斯．史特恩曾經說過：脫離常軌，無疑是閱讀的陽光、生命和靈魂！少了它，寒冷的恆冬將主宰每一頁書頁。將之還諸作者，他會像個新郎般往前行，他會高聲喝采，作品將因此更多元，絕不讓讀者失去閱讀的胃口。

總之，你別打算對我的作品斬首、斷指、塌肺，並藉此污辱我。我需要我的頭才能點頭或搖頭、需要我的手揮舞或握拳、需要我的肺來大喊或說悄悄話。我不會乖順的走上書架，五臟六腑盡皆被掏空，淪為一本空空如也的書。

裁判們，坐回場邊觀賽吧；審閱人啊，回家洗個澡吧。這是屬於我的球賽，我會投球、我會打擊、我會擔任捕手，我會奔向壘包。到了日落時分，我可能贏了比賽，也可能輸了比賽。等到日出之時，我會再出場，從頭再來一次。

沒有人可以幫我，就算是你也不行。

一九七九

6 此處「超讚冰淇淋裝」意指雷・布萊伯利所創作的短篇故事〈The Wonderful Ice Cream Suit〉，曾於一九九八年搬上大銀幕。

# 華氏 451 度



華氏451度／雷．布萊伯利
（Ray Bradbury）著；徐立妍譯.
－二版.－臺北市：麥田出版：
家庭傳媒城邦分公司發行，2019.06
譯自：Fahrenheit 451
ISBN 978-986-344-660-6（平裝）
874.57　　108005343

作　　者　雷．布萊伯利
譯　　者　徐立妍
特約編輯　江麗綿
責任編輯　林如峰
國際版權　吳玲緯
行　　銷　艾青荷　蘇莞婷　黃俊傑
業　　務　李再星　陳玫潾　陳美燕
主　　編　林怡君
編輯總監　劉麗真
總 經 理　陳逸瑛
發 行 人　凃玉雲

出　　版
麥田出版
台北市中山區104民生東路二段141號5樓
電話：(02) 2500-7696　傳真：(02) 2500-1966
網站：http://www.ryefield.com.tw

發　　行
英屬蓋曼群島商家庭傳媒股份有限公司城邦分公司
地址：10483台北市民生東路二段141號11樓
網址：http://www.cite.com.tw
客服專線：(02)2500-7718; 2500-7719
24小時傳真專線：(02)2500-1990; 2500-1991
服務時間：週一至週五09:30-12:00; 13:30-17:00
劃撥帳號：19863813　戶名：書虫股份有限公司
讀者服務信箱：service@readingclub.com.tw

香港發行所
城邦（香港）出版集團有限公司
地址：香港灣仔駱克道193號東超商業中心1樓
電話：+852-2508-6231　傳真：+852-2578-9337
電郵：hkcite@biznetvigator.com

馬新發行所
城邦（馬新）出版集團【Cite(M) Sdn. Bhd. (458372U)】
地址：41, Jalan Radin Anum, Bandar Baru Sri Petaling,
57000 Kuala Lumpur, Malaysia.
電話：+603-9057-8822　傳真：+603-9057-6622
電郵：cite@cite.com.my
封面設計　廖韡
印　　刷　漾格科技股份有限公司
初版一刷　2015年11月
二版一刷　2019年6月
二版八刷　2023年9月
定　　價　新台幣330元
I S B N　978-986-344-660-6